절대호위 護衛

문용신 新무협 판타지 소설

FANTASTIC ORIENTAL HEROES

절대호위 10
문용신 新무협 판타지 소설

초판 1쇄 찍은 날 § 2016년 1월 14일
초판 1쇄 펴낸 날 § 2016년 1월 21일

지은이 § 문용신
펴낸이 § 서경석

편집책임 § 한준만

펴낸곳 § 도서출판 청어람
등록번호 § 제1081-1-89호
등록일자 § 1999. 5. 31
어람번호 § 제2-2631호

주소 § 경기도 부천시 원미구 심곡2동 163-2 서경B/D 3F (우) 14640
전화 § 032-656-4452 팩스 § 032-656-4453
http://www.chungeoram.com
E-mail § chungeorambook@daum.net

ⓒ 문용신, 2014

ISBN 979-11-04-90603-9 04810
ISBN 979-11-316-9156-4 (세트)

※ 파본은 구입하신 서점에서 교환하여 드립니다.
※ 저자와 협의하여 인지를 붙이지 않습니다.
※ 이 책은 도서출판 청어람과 저작자의 계약에 의해 출판된 것이므로,
  무단 전재 및 유포·공유를 금합니다.

청룡 호위 護衛 ⑩

질대호위

문용신 新무협 판타지 소설

FANTASTIC ORIENTAL HEROES

청어람

第一章	투귀(鬪鬼)	7
第二章	독조 서후연	35
第三章	다가서는 음모(陰謀)	67
第四章	다 쓸어버리겠어!	95
第五章	파탄	133
第六章	영마 궁외수	179
第七章	숙명이 이끈 대결	223
第八章	폭주의 위력	257

第一章

투귀(鬪鬼)

세상에는 온갖 천재들이 있지. 뭐든지 한 번 보면 암기해 버리는 사람도 있고, 수없이 나열된 숫자를 대번에 암산해 버리는 사람도 있지.

그런데 그놈은, 전혀 다른 두 가지 방면에선 절대 다른 사람은 따를 수 없는 타고난 천재야.

칼로 배때기 쑤셔 박기. 예쁜 여자 후리기.

어쨌든 놈에게 걸리면 두 경우 다… 무조건, 아주, 완전히 죽지.

—송일비가 보는 그 인간

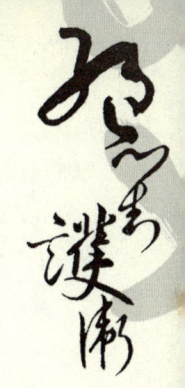

편가연은 조비연이 움직이지 말고 침착하게 앉아 있으라고 했지만 그럴 수가 없었다.
밖에서 벌어지는 싸움. 그 귀 따가운 쇳소리와 찢어질 듯한 비명들……. 그 끔찍한 소리들이 끝도 없이 이어지고 있었기 때문이다.
일 각, 이 각… 한 시진, 두 시진…….
어느덧 새벽을 향해 달려가고 있는 시간. 편가연은 창으로 달려가 밖을 확인하고 싶은 마음이 굴뚝같았다.
하지만 모든 신경을 곤두세운 채 앞을 지키고 선 조비연 때문에 그럴 순 없었다. 창이나 방문을 열고 들어설 적을 향해 언제든 대응할 태세를 갖춘 그녀는 한순간도 흐트러지는 법이 없었다.

결국 편가연은 비연의 긴장 상태를 무너뜨렸다.

"조 소저, 적이 얼마나 온 것일까요? 공자님은 무사하시겠죠?"

"……."

돌아보지도 대답도 없는 비연.

그때 시시가 대답했다.

"아가씨, 걱정하지 마세요. 여기까지 적이 올라오지 못한다는 건 공자님께서 적들을 잘 막고 계시고 무사하시단 뜻 아니겠어요?"

"시시, 그렇지만 이렇게 오랫동안 싸움 소리가……."

편가연이 발까지 동동 굴러가며 걱정을 해댈 때 비연의 목소리가 끼어들었다.

"두 사람, 제발 좀 조용히!"

심각한 표정의 조비연. 굉장히 집중해 있는 그녀였다. 걱정되는 마음이 어찌 편가연과 시시뿐일까. 편가연만 아니라면 벌써 뛰쳐나가고도 남았을 그녀였다.

소리로 바깥 상황에 집중해 있는 건 반야도 마찬가지였다. 일어선 시시와 편가연 바로 뒤 그저 얌전한 자세로 침대 끝자락에 앉아 있는 그녀지만 귀에 들려오는 모든 소음 하나하나에 애가 닳아가고 있었다.

참다못한 비연이 반야를 돌아보았다. 자신의 능력으론 바깥 상황을 다 파악하긴 어려운 탓이다.

"어때?"

"……."

묵묵부답 반야. 시선을 처박듯 아래로 떨어뜨린 채 움직일 줄 모르던 그녀가 잠시 후 가만히 고개를 들었다.

하지만 그녀의 고개는 비연이 아닌 시시를 향하고 있었다.

"시시… 아니, 능 소저께서 내려가 보셔야겠어요."

"……?"

자신의 성이 불린 탓에 잠시 놀라고 당황한 시시. 하지만 반야의 말뜻을 먼저 헤아렸기에 주저하지 않고 아래로 뛰었다.

어리둥절한 편가연. 어째서 시시를 내려가라 하고 시시 또한 어째서 자신을 놔둔 채 두말 않고 달려 내려간 것인지 그 까닭을 몰라 멍하니 열린 객실 문만 쳐다보았다.

조비연은 반야가 시시를 내려 보낸 까닭을 바로 알아채고 있었다. 바깥 상황은 시시가 나가도 될 만큼 안전해졌단 뜻이고, 또 궁외수의 그 이성마저 상실시키는 기운이 발동했단 뜻.

그래서 그 광기에 강력한 영향을 미치는 시시를 서둘러 내려가게 한 것…….

비연은 즉시 시시의 뒤를 쫓아 신형을 날렸다.

비연마저 내려가자 편가연도 가만있을 순 없었다. 문 앞을 지키던 빙궁의 빙녀 세 명의 움직임을 쫓아 아래로 달려가는 편가연.

"…너무해."

비어버린 방 안. 덩그마니 혼자 남겨진 반야가 천천히 일어나 조심조심 더듬으며 문을 찾아 헤매었다.

* * *

"크아악!"

누군가 고통에 절어 죽어가며 내지른 비명이 아니었다. 마치 눈에 띄는 건 다 죽여 버리겠다 외치는 것 같은 궁외수의 괴성이었다.

혈광(血光)이 번들거리는 눈.

그것이 뒤집어쓴 핏물이 눈으로 흘러내려 그런 것인지 아니면 마성(魔性)의 광기 때문인지 명확치 않았다.

확실한 건 광기 들린 투신(鬪神)처럼, 피에 굶주린 악귀(惡鬼)처럼 싸우고 있다는 것.

그가 지닌 기검(奇劍). 단순히 그 검으로 상대의 목을 치고 허리를 베고 팔다리를 잘라놓는 것만이 아니었다.

사방팔방에서 날아드는 협공에 대응하기 위해 자신이 목을 치고 배를 가른 자의 시체를 들고 휘두르는가 하면, 아예 숨이 붙어 있는 자의 목을 틀어쥐고 그 몸뚱이를 방패삼아 거침없이 적들을 헤집었다.

특별한 묘용을 발휘하는 검에다 빠른 몸놀림. 거기에 엄청난 힘.

그뿐만 아니었다. 간간이 내뻗는 장공 또한 어마어마했다.

가까이 달라붙은 적을 떨어뜨리기 위해 단순히 쳐내는 동작 같았지만 타격당한 자는 머리통이 터져 나가거나 가슴팍이 뭉그러진 채 날아갔다.

가히 투신이고 악마라 할 수 있는 공포.

그 엄청난 공포에 질려 접근하는 자조차 없고 싸울 살수조차 몇 남지 않은 상황에 이르러서도 그는 자신이 벤 자들의 시체를 밟고 넘어서며 다음 대상을 찾아 혈안(血眼)을 번쩍였다.

"크흐흐흐......."

깊고 깊은 지하의 구렁 속에서 기어 올라와 흘리는 것 같은 끔찍스러운 웃음.

외수가 마지막 남은 자들을 향해 움직여 가려는 그때, 객관 현관에서 시시가 뛰어나왔다.

"공자님?"

헐레벌떡 달려 내려온 시시. 그녀의 목소리에 외수가 옮기던 신형을 우뚝 멈추었다.

천천히 돌아보는 시선.

핏빛의 저주. 무림삼성이 재앙이라 주장했던 그 눈빛.

시시는 이미 몇 번이고 겪어본 모습이었다.

아니, 시시뿐만 아니라 온조를 비롯한 위사들도 기억하는 모습이었다.

자아조차 빼앗겨 버리는 무서운 외수.

그러나 시시는 무서워하지 않았다. 오히려 더 차분함을 유지한 채 외수의 시선을 마주했다.

"시시……."

빠르게 걷히는 혈광. 빠르게 사라지는 악마의 표정.

외수가 팔뚝으로 스윽 눈을 닦았다. 그리곤 웃었다, 히죽.

묘한 시점의 묘한 웃음. 처연하고 안쓰러워 보이기도 하고, 어린아이처럼 천진스러워 보이기도 하고.

비영문 특급살수 가음사.

비영문주 천우선의 어릴 적 무공 스승이기도 한 그는 살귀(殺鬼)처럼 날뛰는 어린 인간을 눈앞에 두고 넋을 놓았다.

남의 목을 따서 먹고사는 살귀는 자신들이 아니라 바로 눈앞에 날뛰는 어린 혈귀(血鬼) 같았다.

자신이 벤 이들의 피를 뒤집어쓴 혈귀.

너무도 어처구니없는 결과였다. 편가연의 목을 취하기는커녕 객관에 들어가 보지도 못하는 상황.

놈의 검에 얼마나 많은 살수들이 고혼이 되었는지 헤아리기도 끔찍했다.

처음에 공격을 감행할 땐 당연히 이런 결과를 예측한 건 아니었다.

정면 대결로 인한 불가피한 피해가 발생하더라도 충분한 수적 우위를 이용해 대번에 밀고 들어가 편가연의 목을 따버릴 수 있을 줄 알았다.

그런 다음 썰물처럼 빠져 버리면 그만이란 생각이었다.

한데 이런 결과라니. 한 놈의 괴물 때문에.

그 어떤 맹수가 저럴까.

늑대 우리 속에 뛰어든 맹호라면 저럴까?

무위도 무위려니와 온몸을 비틀어대며 물어뜯고 할퀴는 맹수.

가음사로선 본 적도 없는 무서운 무위였다. 마치 생존본능에 의해 날뛰는 한 마리 짐승. 괴이한 기검을 사용하지만 그보다 더 끔찍한 능력을 지닌 인간.

가음사는 어쩌면 의천육왕들에 비견될지도 모를 만한 무력이라 생각했고, 발 디딜 틈도 없이 흩어진 수하들의 무수한 시체를 보며 결코 자신의 판단이 잘못된 것이 아님을 다시 한 번 확인했다.

절망. 아무리 둘러봐도 깔리고 깔린 시체들뿐. 살아남은 자는 자신의 주위로 모여든 이들 고작 십여 명이 전부였다.

끝났다. 더 이상 희망은 없는 것이었다. 이제는 상대의 숫

자가 외려 자신들보다 더 많고 퇴로까지 차단되어 포위당한 마당.

이곳저곳에서 줄줄 피가 흐르는 몸뚱이. 궁외수를 노려보며 천천히 허리를 세운 가음사는 어깨에서부터 피가 타고 흐르는 손을 들어 천천히 복면을 벗었다.

칠십에 이른 노안(老顔).

살아온 세월만큼의 회한이 가득한 시선이 꽉 깨문 입술과 같이 파르르 떨고 있었다.

"가음사 대사부……."

누군가 가슴 저민 웅얼거림으로 신분을 노출했지만 가음사는 신경 쓰지 않았다. 이미 아무런 의미도 갖지 못하는 일이기 때문이었다.

'후훗, 천우선. 네가 판단을 잘못했구나. 상대를 잘못 골랐어. 어쩌면 이대로 멸문에 이를지도…….'

씁쓸히 현실을 곱씹는 가음사. 인내하기 어려운 최후와 마주한 심정이 이토록 처참할 수 없었다.

가음사는 자신의 복부로 가져가고 싶은 자객도를 들어 피를 뒤집어쓴 악마를 겨누었다.

"지옥에서조차 마주하기 싫은 놈. 상가일 뿐인 극월세가에 너 같은 놈이 있었다니. 도대체 네놈은 어디서 튀어나온 놈이냐?"

헝클어진 머리, 베이고 찢긴 옷자락. 시시를 향해 있던 외수의 고개가 다시 돌려졌다.

또 한 번 히죽 웃는 웃음.

"내가 먼저 묻겠다. 귀살문을 습격해 멸망으로 몰아간 것도 네놈들 소행이냐?"

"……."

대답을 못 하는 가음사.

외수가 재촉하지 않고 뜨거운 혈향(血香)이 피어오르는 주변을 돌아보며 혼자 지껄이듯 말했다.

"맞는 모양이군."

조금 전까지 맹렬하게 싸우던 그 끔찍했던 모습은 온데간데없고 심연(深淵)의 물속으로 차분히 가라앉은 듯한 외수의 모습.

덕분에 맹렬하고 처참했던 분위기는 새벽 공기와 함께 무겁게 짓눌려 가라앉았다.

가음사가 다시 입을 열었다.

"어째서 극월세가가 귀살문에 대해서 묻는 것이냐?"

"개인적 인연이 있을 뿐이야. 누구냐, 주체가? 네놈들만으론 당시 귀살문을 소멸할 순 없었다고 들었다. 그 힘을 보탠 자들이 지금 극월세가를 노리는 자들과 동일 집단이냐?

"……."

다시 대꾸를 못 하고 입을 다무는 가음사.

하지만 외수는 재촉하기는커녕 시선까지 돌려 외면했다.

"됐어. 굳이 입 아프게 말할 필요 없어. 어차피 스스로 실체를 드러내게 될 놈들, 네놈들처럼 다 쓸어버리면 그뿐."

어딘지 허탈해 보이는 모습.

"너의 괴이한 능력은 충분히 보았다. 그동안 우리가 실패해 온 이유를 알겠어. 하지만 그 기고만장만큼은 인정할 수 없다. 지옥에서 지켜보겠다. 네놈이 오는지 그들이 오는지."

"알았어. 귀찮으니까 내 손 빌릴 생각 말고 알아서 기어가!"

"……."

입술을 질끈 깨무는 가음사.

수치스러웠지만 오히려 그게 더 덜 비참한 선택일지도 모른단 생각을 했다.

이미 만신창이의 몸. 마지막 남은 힘을 짜내 봤자 너저분한 발악 이상은 할 수 없는 육신이었다.

가음사는 서슴없이 칼자루를 돌려 잡았다. 그리고…….

푹!

명치를 파고들어 등까지 빠져나가는 도신.

꽉 다문 입에 신음 한 번 흘리지 않는 가음사는 핏줄이 터져 붉게 물드는 눈으로 외수를 노려보다 자신의 수하들 시체 위로 엎어졌다.

"대사부!"

남은 살수들이 울부짖었지만 되돌릴 수 있는 선택이 아니었다.

그리고 그 자결은 그들의 선택을 도왔다.

푹! 푸푹! 스컥!

둘러싼 위사들 속에서 줄줄이 쓰러지는 자들.

그때쯤 편가연이 시시, 조비연에 이어 밖으로 나왔다.

날이 밝아오는 시간. 새벽의 희끄무레한 전경 속에 코를 찔러 올라오는 역한 피 냄새. 그리고 피로 씻은 듯한 시야.

편가연은 어지럼증을 느끼고 휘청거렸다. 쌓이고 흩어진 시체는 물론이고 객관의 벽과 창, 피가 뿌려져 물들지 않은 곳이 없었다.

'이렇게 많은 살수들이……'

"아가씨, 괜찮으세요?"

흔들리는 편가연을 부축하는 시시.

"나보다 공자님이……?"

그제야 외수가 돌아보았다. 하지만 잠시 쳐다보았을 뿐 그의 발은 다른 쪽으로 향했다.

또 한 무더기의 시체들이 널브러져 쌓인 곳. 객관 창문 아래 벽에 기댄 채 주저앉은 송일비가 있는 곳이었다.

몹시 지쳐 기진맥진한 모습으로 부상이 있는 복부를 틀어쥐고 쓰러지듯 주저앉아 있는 송일비.

"죽을 정돈 아닌 것 같군."

외수가 다가서는 데도 멍한 시선을 엉뚱한 곳에 던지고 있던 송일비가 그제야 인상을 긁으며 돌아보았다.

"내가 널 왜 만났냐?"

"뜬금없이 무슨 소리냐?"

"아, 씨. 네놈 말처럼 천하의 기물, 보물들을 감상하러 남의 집 담이나 넘나들고 있어야 할 내가 왜 이러고 있는 것이냐고."

"훗, 멀쩡한가 보네. 푸념 따윌 늘어놓는 것을 보니. 다리에도 피 흐른다. 지혈이나 해!"

"괜찮아, 이 새끼야. 이미 혈도 눌렀으니 꺼지기나 해. 피 냄새 더 풍기지 말고!"

보기만 해도 짜증이 난다는 듯 홱 고개를 돌려 버리는 송일비. 하지만 그는 이내 무척이나 애달프고 구슬프단 표정으로 어둠이 걷혀가는 허공에 대고 힘없는 불평을 날려댔다.

"젠장, 이걸로 끝이어야 될 텐데… 아무 일도 일어나지 말아야 할 텐데……! 망할 놈의 예감!"

픽 쓴웃음을 머금고 송일비를 내려다보던 외수가 그때 특별한 움직임을 느끼고 시선을 돌렸다.

객관 현관. 혼자 더듬대며 모습을 보이는 아이.

외수는 반야를 확인하자마자 그녀에게로 걸음을 옮겨갔다. 그리고 두리번거리는 그녀의 눈을 붙들었다.

"나 죽었나 안 죽었나 확인하러 내려온 거야?"

"공자님……?"

"걱정 마. 안 죽었어. 내가 죽어서 지옥에 가면 거기서 네 할아버지가 날 또 한 번 패 죽일까 봐 못 죽어."

"……."

울컥한 반야가 자기도 모르게 외수의 가슴 앞으로 손을 들어 올렸다가 슬그머니 다시 내렸다. 편가연 등 다른 이들의 눈이 의식되었기 때문이다.

울상을 한 편가연과 시시가 다가왔다.

"공자님, 다치지 않으셨어요? 어서 치료부터……."

편가연의 말에 외수가 자신의 상태를 확인했다.

"괜찮아. 깊게 베인 상처는 없어."

그때 송일비가 몹시도 흥분한 표정으로 후다닥 달려왔다.

"편 가주, 알아야 될 것이 있소. 궁외수 이놈이 글쎄 시시 소저를 자기 거라며 나보고 건들지 말라고 했소. 이게 말이 되오? 나쁜 놈. 아주 음흉하고 극악한 놈이오. 지금부턴 내가 지켜줄 테니 당장 극월세가에서 내쫓아 버리시오!"

길길이 광분하는 송일비.

편가연이 당황스러워 멀뚱히 쳐다보기만 했고, 반면 놀란 시시는 얼굴이 백지장이 되어 눈 둘 곳을 찾지 못했다.

그러나 편가연은 현명했다. 잠시 물끄러미 송일비를 보던 그녀는 외수의 피식피식 웃는 표정을 확인하곤 어렵지 않게 상황 인식을 했다.

"호호, 공자님께서 약을 올리신 거군요. 이 긴박한 상황에 그랬다면 이유가 있겠죠. 제 생각엔 아마도 송 공자님의 긴장을 풀어드리려고 일부러 자극을 한 것 같은데… 아닌가요? 호호호호."

"……?"

일그러지는 송일비의 얼굴.

"뭐, 뭐야? 진짜 그랬어? 그런 거야?"

"멍청이!"

외수가 잔뜩 째려봐 주며 등을 돌렸다.

"온 호위장!"

"예, 공자!"

"피해가 어느 정도요?"

"십여 명 정도 중상이고 나머진 경상입니다. 목숨을 잃은 이는 없습니다."

자신감에 찬 온조의 대답. 외수도 뿌듯했다. 처음으로 적과 맞서 사망자가 나오지 않았기 때문이다. 그것도 압도적으로 많은 수의 적들을 상대로.

그때 송일비가 고함을 질렀다.

"흥, 그게 다 누구 덕분인지 알려나?"

미소를 짓는 외수. 왜 모를까? 말은 하지 않아도 알고 있다. 송일비가 얼마나 대단한 신위를 떨쳤는지.

객관에 살수가 단 한 명도 기어들지 못한 것은 온전히 그의 활약 때문이라 할 수 있었다.

그의 제비 같은 신법으로 이쪽저쪽을 눈부시게 오가며 창문으로 달려드는 자와 벽을 타고 기어오르는 자들을 모조리 떼어낸 그였다.
그리고 그 와중에도 위사들의 위기까지 살펴 검을 뿌렸던 송일비. 그와 비연이 직접 훈련시키고 그들의 안전까지 책임져 줬으니 그가 아무리 목에 힘을 줘도 비웃을 수 없었다.
"부상자들을 치료하시오. 오전 중에 출발하겠소."
"알겠습니다, 공자!"
이미 일정에 동행한 세 명의 의원이 약상자를 들고 나와 바쁘게 이리저리 뛰어다니고 있었다.
"흐흑, 시시 낭자. 나도 이 많은 살수들을 막아내느라 많이 다쳤소. 좀 봐주시오. 아아……."
곧 죽을 듯이 엄살을 피우는 송일비. 하지만 그의 엄살은 엄살만이 아니었다. 복부와 등, 팔과 다리에 부상이 있었고, 그중 복부와 다리의 상처는 당장 손을 써야 할 정도로 심했다.
"감사해요, 송 공자님. 어서 앉으셔요. 의원께 먼저 봐달라고 부탁드릴게요."
"아니오, 시시 낭자. 나보다 더 심한 이들이 있으니 그들을 봐두시오. 난 낭자의 손길만 있으면 되오. 가지 마시오."
낯 뜨거울 만큼 절절한 송일비.
시시의 손을 잡고 세상 모든 아픔을 혼자 느끼는 것 같이 처량한 표정을 짓는 그였다.

어쩔 수 없이 시시는 자기라도 상처를 돌봐야 했기에 바로 주저앉아 송일비의 부상 부위를 살폈다.

"들어가지. 좀 씻어야겠어."

피에 젖은 겉옷을 벗어던진 외수가 우두커니 자신을 보고 있는 조비연을 힐긋 쳐다보곤 그녀 앞을 지나 객관으로 향했다.

편가연과 반야가 외수보다 먼저 서둘러 들어가려는 그때 멀리서부터 다급한 말발굽 소리가 울리기 시작했다.

두두두두두……!

한두 필의 말이 아니었다. 그 거친 소리는 정확히 객관을 향해 달려오고 있었고, 송일비도 조비연도 다시 긴장한 채 노려보았다.

그런데 뜻밖에도 나타난 자들은 푸른 관복에 무장을 한 관원들이었다.

대략 삼십여 명.

객관 마당과 주위 상황을 확인한 그들이 엄청나게 많은 사체와 뿌려진 피를 보고 기겁을 했다.

"이, 이게……?"

완전히 사색이 된 이들.

외수는 그들이 신고를 받고 달려온 관원들이라 생각했다. 한데 수장으로 보이는 자가 빠르게 기색을 바로 잡더니 말에서 뛰어내려 달려왔다.

"극월세가 일행이시오?"

끄덕.

"펴, 편가연 가주가 어느 분이시오?"

조비연과 편가연, 반야까지 번갈아 쳐다보며 누군지 감을 못 잡는 관원.

"접니다. 누구시죠?"

"아!"

감탄과 함께 외수 옆을 빠르게 지나쳐 편가연 앞으로 가는 사내.

"반갑습니다. 저는 무성현의 무관 옥강호(玉康浩)라는 사람입니다."

사내는 빠르게 품속에서 신분패를 꺼내 직접 확인을 시켰다.

"무성관부의 무장께서 어쩐 일로……?"

"가주께서 저희 무성현 상촌으로 일정을 잡으셨다는 소식을 듣고 현령께서 저흴 보내 마중과 더불어 오시는 동안 탈이 없도록 호위하라 하셨습니다. 그런데 이렇게 일이 벌어져 버렸군요. 저희가 한발만 더 일찍 왔더라면 좋았을 것을……. 죄송합니다. 혹 상하신 곳은 없으신지?"

"괜찮습니다. 저를 비롯해 다행히 희생된 사람은 없습니다. 고맙군요. 무성관부에서 이리 큰 배려를 해주시다니. 그

깊은 헤아림에 감사드립니다."

"이제 걱정 마십시오. 저희가 앞서 안내하고 살펴드리겠습니다."

옥강호라는 무장이 빠르게 돌아서 수하들을 다그쳤다.

"한 사람은 즉시 이곳 관부로 달려가 상황을 설명하고 여길 수습하라 이르라. 나머진 다친 분들을 돕고 주변에 다른 움직임은 없는지 면밀하게 확인하고 오도록!"

"존명!"

관부의 무인들답게 잘 훈련되어 일사불란한 모습.

각자 흩어지자 옥강호는 다시 한 번 사체들을 확인하며 혀를 내둘렀다.

전쟁도 아니고 이렇게 많은 자들이 죽어 나자빠진 현장은 처음이었다. 그리고 이 많은 자객들의 공격을 버텨낸 극월세가도 가히 충격적이었다.

아니, 버텨낸 정도가 아니지 않은가. 보아하니 세가 쪽 무인들은 그 수도 적고 생명에 지장 있을 만큼 다친 자도 없는 듯한데 산더미처럼 쌓인 이 많은 자객들의 습격을 막아내고 하나도 남김없이 쓸어버렸단 말 아닌가.

옥강호는 마른침이 저절로 넘어갔다. 얼마나 대단한 무위를 지닌 위사들이기에 이 정도일까 상상하니 소름이 오싹할 지경이었다.

*   *   *

 섬서 방향 관도(官道).
 "앗! 거기 앞에 신선 흉내를 내며 오시는 분은 천하제일 절대무적 영감님과 그 동반자인 짝귀 대협이 아니십니까?"
 작은 행낭 하나를 검에 끼어 어깨에 걸치곤 터벅터벅 무심한 걸음을 옮기던 편무결이 문득 앞쪽에 마주 오는 '두 대협(?)'을 발견하곤 반가워 죽겠단 듯 고래고래 소리까지 지르며 달려갔다.
 당나귀 등 위에 거꾸로 올라앉은 것도 모자라 팔짱에다 가부좌까지 틀고 꾸벅꾸벅 졸고 있던 늙은이가 호들갑스런 소란에 지그시 한쪽 눈꺼풀을 들었다.
 "아하하하, 짝귀 대협! 이거 정말 오랜만에 뵙습니다. 그간 천하제일 절대무적 영감님을 모시고 다니느라 허리가 휘진 않으셨는지요."
 쫑긋한 귀에 커다란 눈.
 짝귀가 허연 주둥이를 들어 시끄러운 인간을 쳐다보았다.
 "내 당나귀에게 아부를 떠는 너는 누구냐?"
 "아앗, 모른 척하시는 겁니까? 아니면 정말 기억이 없으신 겁니까? 이거 섭섭합니다. 밤새 이뻐하시며 제 주머니를 텅텅 비게 만들어놓으시고선. 제가 산 술이 맛이 없으셨습니까? 소생 편무결이라구요."

주둥이를 툭 내밀고 잔뜩 불만을 표시하는 편무결.
"음, 그랬군. 네가 산 술이 독하기만 하고 싸구려 술이라 취했었나 보다. 그런데 네 녀석이 내 앞에 웬일이냐?"
어이가 없었다. 편무결이 샀던 술은 그 객잔에서 최고 비싼 술들이었다.
"웬일은요. 여기 관도 한가운뎁니다. 저는 이쪽으로 대협께선 저쪽으로 서로 길을 가다보니 마주친 거지요."
"흠, 그래? 그런데 어디 가는 길이냐?"
"대협께선 어디 가시는 길입니까?"
휘익— 딱—!
"아야!"
편무결이 머리통을 쥐고 펄쩍펄쩍 뛰었다. 언제 검이 검집째 날아와 마빡을 때렸는지 편무결은 보지도 못했다.
"이놈이 감히 어른의 곤한 졸음을 깨운 것도 모자라 반문까지 해? 에잉, 버릇없는 놈! 가자, 짝귀야!"
"허억? 아닙니다, 아닙니다. 제가 잘못했습니다."
짝귀가 움직이려 하자 황급히 앞을 가로막으며 팔을 휘젓는 편무결.
"사촌이 행사를 한다기에 거기 가는 참입니다."
눈물까지 찔끔한 편무결이 불만을 입술 가득 발라 투덜거렸다.
"행사? 오, 그래. 네 사촌이 극월세가 주인이랬지?"

"그렇습니다. 그건 기억하시네요."

얻어맞은 자리를 긁적이던 편무결이 금세 표정을 바꾸었다.

"히히, 같이 가시겠습니까? 그 아이가 뜨면 난리가 나는데, 먹을 것도 많고."

쓰윽.

궁뇌천이 다시 검을 쳐들자 벼락같이 방어 태세를 취하는 편무결.

"이놈아, 내가 가는 방향이 너하고 정반대 방향인데 어딜 같이 가자고 하느냐. 너 바보냐?"

"……."

멋쩍은 편무결이 자신이 온 길을 한 번 쳐다보곤 물었다.

"집 나갔다던 아드님을 아직도 찾아 헤매시는 중입니까?"

"왜 그리 안타까운 표정이냐. 네 녀석이 대신 찾아주기라도 하겠단 듯이?"

"뭐, 못 할 것도 없죠. 그렇다면 어디 가까운 데 가서 목이라도 축이고 가시겠습니까?"

"됐다. 바쁘다!"

"에이, 전혀 안 바빠 보이는뎁쇼. 사람보다 느린 당나귀 위에 앉아 꾸벅꾸벅 졸며 가는 분을 누가 바쁜 사람이라고 생각하겠습니까."

스윽 다시 째려보는 눈.

"그래서? 내가 바쁜 척한다 이거냐?"

편무결은 얼른 또 두 팔을 내저었다.

"아닙니다, 아닙니다. 뵙고 싶었고 이처럼 우연찮게 만났는데 헤어지기 아쉬워서 그럽니다."

째린 눈매 그대로 잠시 편무결을 응시하는 궁뇌천.

"네놈과는 다시 만나게 되어 있다."

"예?"

"극월세가. 얼마 전에도 네 사촌 집에 갔었느니라."

"아, 궁외수 그 친구를 만나러요?"

"어쨌든!"

"하하, 다행입니다. 이 드넓은 천지에서 어떻게 다시 뵙나 걱정했었는데 그 친구와 인연이 있으시다는 걸 깜빡했네요. 꼭 다시 세가를 찾아주십시오. 기다리겠습니다."

꾸벅 머리까지 숙여 보이는 편무결.

궁뇌천은 가차 없었다.

"가자, 짝귀야."

어김없이 말을 알아듣고 느릿한 걸음을 또각또각 옮겨가는 짝귀.

편무결은 또다시 처음 자세로 돌아가 눈을 감은 궁뇌천을 보며 아쉬운 듯 우두커니 서서 뒷머리만 긁적였다.

그런데 제법 짝귀와 궁뇌천의 모습이 멀어졌을 때 뜻밖에도 편무결의 머릿속에 뇌전성(腦傳聲)이 날아들었다.

〖조심해라. 네놈은 다 좋은데 명이 너무 짧아 보여. 어느 날 갑자기 뜻하지 않은 곳에서 요절(夭折)할 낯짝이니 항상 주변을 살펴 조심하고 또 조심해!〗

"……?"

망치로 머리를 한 대 얻어맞은 기분이었다.

"점(占)도… 보시나?"

결코 듣기 좋진 않은 말.

심각한 얼굴로 잠시 생각하던 편무결은 갑자기 표정을 바꾸어 어린아이처럼 히죽댔다.

"뭐, 어때. 별로 살고 싶은 생각도 없는 세상인걸."

   * * *

"일동 기립!"

한가로운 오후. 한적한 길.

손님이 없어 폐점한 것으로 보이는 다 쓰러져 가는 객잔. 그곳 바깥 이곳저곳 아무렇게 널브러져 있던 사내들이 누군가의 한마디 외침에 잘 벼리어진 칼처럼 발딱발딱 일어나 눈과 턱을 하늘 높이 쳐들고 부동자세를 취했다.

또각또각 느릿느릿 그들을 향해 다가오는 당나귀 한 마리. 그리고 그 위에 조는 듯 마는 듯 구부정한 등을 보이고 앉은 한 사람.

빳빳이 굳어버린 범 같은 사내들은 그와 당나귀가 지나가도록 쳐든 눈과 턱을 떨어뜨리지 않았다.

당나귀는 주인이 뭐라 하지도 않았는데 알아서 몇 개 되지 않는 객잔 계단을 올라 유유히 안으로 들어갔다.

객잔 안엔 깜짝 놀랄 만큼 많은 사내들로 바글바글 꽉 채워져 있었는데, 그들 역시 몇을 빼곤 바깥의 사내들처럼 완전히 굳어버린 부동자세였다.

"교주!"

"지존!"

세 명의 군상이 짝귀 앞에 납작 부복했다.

무력부장 곽천기, 철혈마군 수장 연우정, 그리고 노구(老軀)의 첩정각주 장측사였다.

슬그머니 눈을 뜬 궁뇌천이 그들 중 첩정각주를 호명했다.

"장측사!"

"예, 교주!"

"내가 알아보라고 한 건 알아봤나?"

"예, 당연히!"

"지금 어딨어?"

"노양호변에 살고 있는 것으로 확인되었습니다."

"그래? 그 늙은 것이 감히 나의 권역을 벗어나 이 땅에 살고 있단 말이지?"

"그, 그렇습니다, 교주! 잡아 대령시킬까요? 여기서 멀지 않습니다만?"
 "됐다! 멀지 않다며. 직접 가겠다. 안내해!"
 "존명!"

第二章

독조 서후연

헐벗고 굶주린 자 앞에 비싸고 좋은 옷을 입고 나타는 것만으로도 죄악이라고 했다.
그런데 그녀들은 일부러 화려한 옷에 보석 장신구까지 주렁주렁 매달고 나타난다고 해도 그저 축복으로만 느껴질 것 같았다.

—궁외수의 여자들을 본 빈민 노총각

　의원(醫員)이란 사람의 병을 고치고 치료하는 사람이다. 그 재주가 있으면 아무리 자신을 숨기려고 해도 소문이 나지 않을 수 없는 법. 살릴 수 있는 사람을 죽도록 내버려둘 수는 없으니 한 사람 한 사람 고쳐 주다 보면 자연히 알려지는 게 그들의 의술인 것이다.
　최근 안현(安縣) 땅 풍림곡(風林谷)이란 곳에 그처럼 그 재주가 서서히 알려져 '천수신의(天手神醫)'라고까지 소문이 나기 시작한 사람이 있다.
　팔순 즈음 나이의 늙은이.
　그의 거처가 인간들 세상과는 조금 떨어져 깊은 곳에 있었지만 그래도 소문 탓에 찾아드는 사람들이 자꾸만 늘어나고 있었다.

풍림곡. 풍광이 멋진 곳이다. 입구부터 길 양쪽으로 쭉쭉 뻗어 올라간 대숲이 있고 골짜기 안쪽엔 작은 폭포와 잔잔한 개울까지 흐르는 별유천지(別有天地).

오전 햇살이 골짜기로 비쳐드는 시간.

"에구, 이놈의 낙엽은 쓸고 쓸어도 끝이 없군."

하늘이 내린 손, '천수'라 불리는 노인이 긴 빗자루를 들고 무료하게 초옥 앞마당을 쓸며 혼자 푸념을 해댔다.

그런데 낙엽을 쓸어 모으던 노인이 갑자기 비질을 멈췄을 때 기이한 현상이 일어났다. 쓸린 낙엽들이 마치 생명이 붙어 있는 물체들처럼 노인의 무릎 높이까지 일제히 떠올라 각각의 방향으로 쏘아져 나갈 듯 날카로운 기세를 흘리는 것이다.

"웬 놈들이냐, 모습을 드러내라!"

노인의 준엄한 일갈. 백발(白髮)에 백염(白髯), 백미(白眉)까지 늘어뜨린 그의 시선이 매섭게 좌우 숲 이쪽저쪽을 파고들었다.

그러자 곧바로 비웃음이 흘러나왔다.

"웃기는군. 손짓 한 번이면 다 날려 버릴 것들을 굳이 빗자루까지 들고 쓸어대는 꼴이라니. 그런 놀이가 재밌소?"

"……?"

상당한 공력을 느낄 수 있는 음성. 노인이 인상을 잔뜩 일그러뜨린 채 응시하고 있을 때 큰 체격에 검붉은 장포를 두른 자가 숲 안쪽에서 모습을 드러냈다.

그리고 반대편 숲에서도 두 개의 인영이 스르륵 형체를 보였다.

"정말 오랜만이로군, 독조(毒祖) 영감. 흐흐흐, 천하의 은환마제(銀幻魔帝)께서 이런 꼴이라니. 역시 세월은 거스를 수 없었던 것인가. 안 본 사이 많이 쭈글쭈글해졌군그래."

일월천 무력부장 곽천기.

그와 장측사, 연우정까지 확인한 노인이 당황하는 모습 없이 떠오른 낙엽들에 더욱 맹렬한 기를 불어넣었다.

"네놈들이 왜 여기 나타난 것이냐? 일월천과의 인연은 끝났다. 꺼져라!"

"후후훗, 여전하군. 한데 그 말을 교주 앞에서도 할 수 있을까?"

"……?"

비로소 노인이 움찔하는 기색을 보였다. 하지만 아주 짧게 흔들렸을 뿐 더욱 냉랭히 안색을 굳혔다.

"흥, 섭 교주가 날 잡아오라고 시키더냐? 너희 같은 핏덩이들 따윌 보내서?"

은환마제 독조 소후연(蘇侯淵).

마도의 하늘 아래에서 독에 관한 한 절대적 인물이었기에 '독조'라 불렸고, 통일 대전 당시 일월천이 가장 까다롭게 여겼던 환마교(幻魔敎)의 지존이었던 인물.

그가 전쟁 초기 첩혈사왕과 벌였던 단독 대결에서 무참히 패하지 않았더라면, 단독 대결이 아니라 환마교 전체 전력으로 맞섰더라면 당시 일월천의 통일 전쟁 양상은 또 어떻게 변했을지 장담할 수 없었을 만큼 무시무시했던 자.

하지만 곽천기나 연우정도 그 당시의 풋내기들이 아니기에 미소를 흘릴 수 있었다.

"후후후, 섭 교주가 아니라 진짜 지존께서 행차하셨지. 그것도 몸소!"

"……?"

표가 나게 흔들리는 은환마제 소후연.

동공이 쪼그라들고 심장이 팽창했다. 진정한 지존이라 불리는 사람은 단 한 사람뿐이기 때문이다.

낄낄대는 곽천기의 자신에 찬 모습. 소후연은 대나무 숲길이 꼬부라져 나간 입구 쪽을 황급히 두리번거렸다.

그리고 잠시 후 바깥으로부터 느릿느릿 다가오는 기척을 감지해 냈다.

또각또각.

느려터진 짐승의 발굽 소리.

그 순간 떠올려 놓은 낙엽들이 파르르 떨더니 일제히 더욱 높은 위치로 떠올라 방향까지 바꾸어 되레 소후연 자신을 겨누었다.

영향력이 바뀌어 버린 낙엽들. 전신을 포위하듯 전신을 터 뜨려 버릴 듯 맹렬한 압박감으로 쏘아보는 낙엽들.

 소후연은 빗자루까지 놓치고 손을 덜덜 떨기 시작했다.

 그리고 이윽고 꼬부라진 길로 나타나는 인영. 볼품없는 당나귀 등짝 위에 눈까지 감고 지극히 무료하고 나태한 자세로 앉은 인물.

 눈에 들어온 그가 늙고 구부정한 인간에 지나지 않았지만 소후연은 그의 신분을 의심하지 않았다.

 먼 거리에서, 마음의 의기(意氣)만으로도 자신의 공력을 무력화시키고 역공을 취할 수 있는 존재는 오직 머릿속 깊이 자리한 그 공포뿐이었기 때문이다.

 "사… 사왕……."

 목소리마저 제대로 이어지지 못하는 소후연이었다.

 눈을 뜨는 궁뇌천.

 "흐음, 독조 네놈이 날 기억하긴 하는 모양이군. 교와 날 배신하고 떠나 잘 먹고 잘 사는 줄 알았는데… 재미있냐?"

 "……?"

 뚝뚝 끊어 서늘히 흘리는 목소리. 소후연이 털썩 무릎을 꿇고 엎어졌다.

 "배신이라니 당치 않소. 나는 배신을 한 적이 없소. 오히려 배신을 한 건 사왕 당신이 먼저잖소."

 공포를 느끼는 와중에도 결코 받아들일 수 없단 듯 반박하는 소후연.

"무어라?"

"틀렸소? 내가 굴복하고 복종을 맹세한 건 당신이지 일월천이 아니오. 내게 한마디 말도 없이 사라진 건 당신이었소."

"……."

"당신에게 참패하고 난 뒤 난 수하들과 교도들에게 우리의 환마교를 통째로 갖다 바쳤단 원망을 들으며 당신의 통일 대전을 도왔소. 그건 당신의 절대적 능력을 내 제자들과 수하들에게 설명하고 설득했기에 가능한 일이었소. 한데 사왕 당신은 통일 대전이 끝나자마자 어느 날 갑자기 사라졌소. 어찌 되었다 어떻게 할 것이다 일언반구도 없이 말이오. 절대자가 없는 통일 마교? 볼 것도 없었소. 그래서 떠났소. 분열이 너무도 뻔한 그곳에 나를 묶어두기 싫어서 말이오."

소후연의 항변에도 기색 하나 변치 않는 궁뇌천. 더욱 냉랭한 기운을 흘리며 비릿한 미소만 띠었다.

"흥, 핑계가 그럴싸하구나. 나야 어찌 되었든 당시 일월천의 주인은 섭 교주였고 충성을 맹세한 이상 네놈은 일월천을 섬겼어야 했다. 오히려 네놈이 떠나면서 분열이 시작된 꼴이 아니냐."

"천만에! 나는 내 제자들과 수하들, 환마교의 모든 교도들을 일월천에 남겨두고 왔소."

"흥, 일월천의 추격이 무서웠겠지. 데리고 나갔다면 그야말로 빤히 드러나는 배신이니까."

"사왕! 정말 그리 생각해서 그처럼 말하는 것이오? 아니면 날 놀리려고 막 내뱉는 것이오? 내가 배신을 하려했다면 일월천 내부에서 차라리 반역을 시도했을 것이오. 당신이 없는 일월천? 섭위후를 비롯해 저깟 놈들 한나절이면 다 쓸어버렸을 테니까!'

곽천기 등을 화난 손가락으로 가리키는 독조 소후연. 울분까지 느껴지는 그의 항변이었다.

궁뇌천은 지그시 노려볼 뿐 반박을 못 했다. 그의 무력과 환마교의 능력이라면 충분히 뒤집을 가능성이 있는 일이었기 때문이다.

"왜 그러지 않았지?'

"그러면 무엇 하오. 당신에게 굴복한 마도 세력들이지 내게 엎드린 자들이 아니잖소. 그들이 내게 복종하고 있었겠소? 만약 내가 딴마음을 먹어 섭 교주를 쳤다면 통일 마교는 그 길로 갈가리 찢겨 다시 분열되었을 것이오."

"……"

여전히 대꾸를 못 하는 궁뇌천. 독조와 환마교가 강하다 하나 일월천 역시 가만있지 않았을 것이다. 양쪽 모두 엄청난 타격을 입었을 것.

"그리고 혹시 당신이 돌아올지도 모른단 두려움과 희망이 교차하고 있었기 때문에 그랬소. 누가 감히 첩혈사왕의 일월천을 친단 말이오. 그러나 그땐 두려움보다 희망에 대한 갈구가 더 컸소. 진정한 통일, 진정한 최강 마교는 첩혈사왕 당신이 있어야 가능한 것이니까."

"……."

"수년을 기다렸소. 그런데 최강 마교, 위대한 마교를 꿈꾸게 한 당신은 돌아오기는커녕 그 자취조차 찾아볼 수 없었소. 내가 그 꼴을 보고자 일월천에 복속한 줄 아시오? 당신이 아니었다면 나와 환마교는 마지막 한 사람까지 일월천과 싸웠을 것이오. 어디 갔었소? 이렇게 멀쩡히 살아 있으면서 이십 년이 넘는 세월 동안 어디서 무얼 했소? 그리고 그 꼴은 또 무엇이오? 혼자 중원을 떠돌며 유희(遊戱)라도 즐기는 중이오?"

그때 장측사가 노성을 지르며 끼어들었다.

"환마 선배! 말씀을 삼가시오! 교주께선 이미 환교(還敎)하셨고 분열을 획책했던 세력을 모두 응징해 다스린 것은 물론, 교의 모든 권한과 권좌까지 넘겨받으셨소. 현재 마도 하늘의 유일한 지배자이시오."

"……."

흔들리는 소후연. 하지만 그는 이내 기색을 바로잡았다.

"왜 그랬소? 왜 떠났던 것이오?"

"내가 네놈에게 내 사정을 설명하랴?"

"그럼 왜 왔소?"

"이놈이!"

퍼퍼퍽퍽퍽퍽!

떠 있던 낙엽들이 기어이 소후연의 전신을 타격했다.

하지만 신형이 크게 요동쳤을 뿐 쓰러지지도 피가 튀지도 않았다. 피할 틈 없이 얻어맞긴 했어도 공력으로 버틸 정도는 되었기 때문이다.

사정을 둔 궁뇌천.

"살 만큼 살았다 이거냐. 죽여줘?"

"……"

올려다보는 소후연.

그도 궁뇌천의 성질을 모르진 않았다. 심중의 살기만으로 상대를 죽일 수 있는 의기상인(意氣傷人)의 경지에 올라가 있는 인간. 아니, 그보다 더 경이적인 '일원경(一元境)'의 무위를 보이는 소름 끼치는 초인.

거기다 수틀리면 상대가 누구건 확 그어버리고 보는 지랄맞은 성격.

그가 봐주었기 망정이지 조금만 더 경력을 실었더라면 산산이 터져 나간 건 낙엽이 아니라 자신의 육신이었을 것이었다.

소후연은 최대한 비릿한 웃음을 흘렸다.

"크흐흐흐. 장난하시오, 사왕? 아니, 이제 지존(至尊)이시구려. 이 노구에 사정을 두는 것을 보니 내게 필요한 것이 있는 모양이구려. 말씀하시오. 무엇이 필요하오?"

오랫동안 속에 담겨 있던 울분을 항변을 하며 토해낸 독조 서후연. 처음의 공포감마저 같이 털어낸 그였다.

"어쭈, 아예 간이 배 밖으로 나왔구나. 실실대는 것도 모자라 감히 본좌의 심중을 꿰뚫는 것처럼 주절대?"

"나이만 처먹다 보니 눈치만 늘더이다. 아니라면 내 목을 거둬가시오. 흐흐흐."

"흠."

소후연의 배짱에 궁뇌천이 못 이기는 척 슬그머니 짝귀의 등에서 내려섰다.

"네놈의 그 실실대는 이빨을 다 털어버리고 싶다만, 일단 참는다."

"뭡니까, 혹시 중원 정복을 시작하신 겁니까?"

"닥치고 묻는 것에 대답이나 해! 네놈 제자 중에 문제를 일으킨 놈 있지?"

"……?"

소후연이 어리둥절하단 표정으로 늙은 눈을 껌뻑댔다.

"그 일을 어찌 물으시는지… 십수 년이 지난 일인 것을?"

"묻는 말에 대답이나 해! 어떤 놈이야?"

"나 역시 소식만 들었소만, 두원용이란 녀석이었소. 내게 독을 배우던 녀석이었는데 독공을 연마하다 잘못되어 미쳐버렸고 중원에서 적잖은 살인 행각을 저지르다 살해되었소.

그런데 그것을 어찌 사왕께서……?"

"……."

노려보는 궁뇌천.

극월세가에서 반야의 독을 확인하며 그것이 서후연에게서 비롯된 것임을 단숨에 알아보았던 그였다.

"알고 보면 녀석이 그리된 것도 사왕 교주 탓이라 할 수 있소."

뜬금없는 서후연의 말에 궁뇌천이 눈깔을 희뜩였다.

"뭔 개소리냐?"

"나 없이 독공을 연마했기 때문이오. 내가 일월천을 떠나버리는 바람에."

"……."

"그래서 미쳐 날뛰다 쫓기게 되었고 배가 고파 밥을 훔쳐 먹으러 들어간 집이 하필이면 낭왕이란 자의 아들 내외가 살던 집이었고, 들키게 되자 다급한 나머지 그들 부부를 죽이고 도주하다 곧바로 뒤따라온 창왕 양사신이란 자에게 죽임을 당했다 들었소. 독이 퍼져 온전한 정신이 아니었는데도 아마 나를 찾아 이곳 중원까지 왔던 모양인데, 그런 상태에서 어찌 시비가 없었겠소. 한 번 시비가 붙게 되어 누군가를 죽이게 되었을 테고 아마 나중엔 완전히 실성한 상태로 닥치는 대로 죽였을 것이오."

"그놈이 낭왕의 손녀에게 독을 쓴 것도 알겠구나."

"그렇소. 그랬다하더이다."
"왜 해독해 주지 않았느냐?"
"……?"
알 수 없단 얼굴로 쳐다보는 소후연.
"굳이 그래야 할 필요가 있었던 거요? 뭐 낭왕이란 자가 손녀의 독을 치료하기 위해 방방곡곡을 누빈다는 말은 들었소. 하지만 아무런 상관도 없는 자를 위해 굳이 나서서 내 정체 노출을 감수할 필요가…….."
"독을 해독하고 치료할 순 있는 것이냐?"
"그거야 당연히. 내가 가르친 녀석이라 하지 않았소."
"그럼 따라와!"
가차 없이 돌아서 짝귀 등 위에 풀쩍 올라앉는 궁뇌천. 그러자 짝귀가 알아서 어슬렁어슬렁 움직였다.
소후연이 벌떡 일어서며 황당해했다.
"어, 어디로 말이오?"
"그 독을 당한 아이가 있는 곳으로."
"무슨 소리요? 지금 치료를 하러 간단 말이오? 그 아이를 어떻게 알고……?"
"치료하기 싫어?"
"말씀드렸다시피 굳이 왜……. 당최 이러는 까닭을 모르겠소."
엉거주춤 서서 한 발짝도 쫓아 움직이지 않는 소후연.

궁뇌천이 짝귀를 세우고 고개만 돌렸다.

"늙더니 확실히 말이 많아졌군. 뒈질 때가 된 게지."

"……."

살벌한 궁뇌천의 눈매.

그의 수준에서 주변 무엇이 무기가 되지 않으랴. 소후연은 언제 어느 틈에 날아들지 모를 주변 사물들에 신경을 쓰며 자세를 바짝 낮추었다.

한데 이어진 궁뇌천의 말은 소후연의 낮춘 허리를 벌떡 일어서게 만들었다.

"그 아이, 지금 내 아들과 같이 있다."

"예에?"

"내 아들에게 꼭 필요한 아이이고, 곧 내 며느리가 될 수도 있는 아이다. 그런데도 그렇게 꾸물대고 있을 것이냐?"

"헙!"

소후연은 헛숨을 토한 입을 스스로 틀어막았다.

아들? 며느리? 어찌 기함하지 않을 수 있겠는가. 절대자 첩혈사왕의 며느리가 될지도 모를 아이라는데. 자신과 연관이 없어도 벼락같이 달려가 치료해도 모자랄 일이었다.

"계속 그러고 있어라. 네놈뿐 아니라 환마교 출신 네놈 제자들과 수족들, 그리고 네놈이 뿌려놓은 핏줄들까지 모조리 찾아내 갈기갈기 찢어줄 테니까."

"아니, 아니오! 어딥니까, 어디 계십니까?"

허겁지겁 오히려 짝귀보다 앞서 뛰어나가는 소후연.
그러자 비로소 궁뇌천을 태운 짝귀가 콧방귀를 풍풍 뀌며 설렁설렁 뒤를 따랐다.

　　　　　*　　　*　　　*

만안(萬安)이란 이름이 내걸린 객관.
무성현에선 가장 큰 규모로 도심 한복판에 위치한 사 층 전각이었다.
무성현 관원들까지 따라붙어 호위한 극월세가 일행이 무성현 중앙 관도에 도착했을 때 엄청난 이들의 함성이 한꺼번에 터져 나왔다.
와아아아아—
편가연을 맞으러 몰려나와 대기하고 있던 주민들.
그 수많은 인파가 마차를 호위한 행렬이 보이자마자 누가 먼저랄 것도 없이 서로 환호를 내지른 것이었다.
"극월세가 만세!"
"편가연 가주 만세!"
쉴 새 없이 만세를 부르는 사람을 비롯해 어서 오라, 환영한다, 고래고래 외치며 박수를 치는 사람들…….
그 무수한 인파는 무성현 입구에서부터 객관이 있는 곳까지 끝도 없이 이어졌는데 거의 모든 무성현의 주민들이 몰려

나온 듯 보였다.

"고개 내밀지 마! 저들에게 화답해 줄 기회는 많아. 지금 네 행세는 비연 하나로 족해!"

주민들의 환호 소리에 내다보지 않을 수 없었던 편가연이었다. 하지만 마차에 타지 않고 백설의 등에 올라 옆에서 나란히 이동하는 외수의 제지에 그녀는 슬그머니 걷어 올렸던 휘장을 어쩔 수 없이 다시 내려야만 했다.

마음이 편치 않은 편가연이었다. 누군가 자신을 대신해 적의 표적이 되고 있다는 사실이 미안하고 걱정스러운 탓이었다.

"잘하는군."

맨 앞의 마차 옆으로 옮겨간 외수가 편가연이 걱정하는 그녀, 조비연에게 던진 말이었다.

비연이 창의 휘장을 걷어놓고 가볍게 손을 들어 흔들며 얼굴 가득 환한 미소까지 지어 보이고 있어 모르는 사람들에겐 영락없이 편가연으로 보일 수밖에 없어서였다.

"시끄러! 비웃지 마! 지금 억지웃음 만드느라 안면에 근육경련이 일어날 정도니까!"

"어이, 왜 이래? 비웃음이라니. 순전히 너의 그 열정적인 직업의식과 화려한 연기에 보내는 뜨거운 찬사인데."

"뭐, 열정? 개소리 집어치우고 저리 꺼지지 못해!"

"후훗, 거의 다 왔으니까 조금만 참아."

외수의 말에 슬쩍 고개를 움직여 앞쪽을 확인하는 비연.
"분명 저 사람들 속에도 살수 새끼들이 끼어 있겠지?"
외수가 환영 나온 군중들에 시선을 둔 채 씁쓸히 대꾸했다.
"그래. 있겠지. 하지만 오늘보단 내일부터의 일정이 문제야. 편가연이 직접적으로 사람들을 마주해야 하는데 어찌해야 할지 모르겠군."
"어떡하긴. 전후좌우에서 바짝 붙어 있어야지. 그 수밖에 더 있어?"
"그래. 그러긴 하겠지만……."
무겁게 가라앉힌 눈초리로 인파 속을 헤집는 외수.
드러난 적이야 하나도 두렵지 않았지만 보이지 않고 구분도 되지 않는 적에 대한 우려는 도저히 떨쳐지지가 않았다.

"하하하. 어서 오시오, 편 가주! 이제나 저제나 하며 기다리고 있었소. 난 이 고을 수령 고명환(高明奐)이라고 한다오."
객관 앞마당에 여러 관속(官屬)들을 대동하고 두 팔까지 번쩍 벌려 마차에서 내리는 조비연을 환영하는 인물.
그는 무성현 현령으로 큰 체격에 인상마저 호기로운, 나이 서른 중반 즈음의 젊은 관리였다.
"오.오.오, 과연! 놀랍소! 난 눈으로 직접 본 것이 아니고선 전해지는 말을 믿지 않는 사람이거늘, 오늘 나의 그 신념이 무너지는 날이구려. 천상의 신녀가 이러할까 월궁의 항아가 이러할까. 과연 오늘 이 고 모(某)가 완전히 개안(開眼)을 하는 구려."

"현령께서 마중해 주시니 몸 둘 바를 모르겠습니다. 우선 안으로 들어가서 말씀 나누실까요?"

배시시 조금은 교태 섞인 미소와 몸짓으로 인사를 하는 조비연.

그 자태에 젊은 현령은 휘둥그레 흔들리는 동공을 바로잡지도 못할 만큼 넋을 빼앗겼다.

큰 키에 늘씬하고 육감적인 몸매, 거기에 그 자신이 표현한 것만큼 고혹적인 미모.

그녀가 현상범 사냥꾼이었다는 사실을 꿈에도 모르는 그는 붙인 눈을 떼지도 못하고 안내하듯 앞서 객관으로 들어갔다.

따라 들어선 조비연이 들어서자마자 다시 한 번 화려한 미소로 정중히 사과의 말을 건넸다.

"호호. 현령님, 죄송합니다. 아쉽게도 저는 극월세가 편가연 가주가 아니라 그녀를 대신한 가짜입니다. 편 가주는 곧 뒤따라……."

"에?"

비연의 숨 막히는 웃음에 깜짝 놀라는 현령. 그리고 뒤를 돌아본 그는 바로 튀어나오는 감탄을 주체하지 못했다.

"어? 아! 오, 오오!"

"처음 뵙겠습니다. 극월세가 편가연입니다."

조금도 빈틈이 느껴지지 않는 자세로 고개와 무릎만 살짝 굽혀 인사를 하는 편가연.

그녀의 그림 속 선녀 같은 아름다움에 조비연에게 찬사를 늘어놓았던 무성현 젊은 현령 고명환은 아예 말을 잃고 말았다.

거기에다 송일비와 같이 시시와 반야까지 들어서자 쓰러질 듯 휘청거리기까지 하는 현령. 외수가 급히 그의 팔을 붙잡지 않았으면 정말 주저앉을 것 같은 꼴을 보였다.

"오, 그대가 궁외수 궁 공자인가?"

끄덕.

"그렇소."

"아하, 그랬군. 그랬어. 이런! 정말 반가우이. 나 무성 현령 고명환일세. 자네의 가슴 뛰고 살이 떨리는 영웅담에 흠뻑 젖어서 꼭 한 번만이라도 자네를 보는 게 소원이었다네. 이렇게 보게 되었으니 원을 풀었구먼, 하하하하!"

또 찬사를 늘어놓는 고명환.

"……?"

가슴 뛰고 살 떨리는?

"이렇게 잘생긴 헌앙한 청년이었군그래. 절대부호, 절세가인과 더없이 어울려 보여. 영광일세. 으하하하!"

어딘지 느끼하면서도 시원시원해 보이는 성격. 손을 잡고 흔드는 건 물론 어깨까지 주무르는 현령이었다.

외수가 어떻게 응대를 해야 될지 몰라 쭈뼛대고 있을 때 편 가연이 다시금 인사를 건네며 외수의 어색함을 해결해 주었다.

"무성관부와 주민들께서 저희 세가의 행사에 이처럼 큰 관심과 환대를 해주셔서 깊이 감사드립니다."

"무슨 소리요, 편 가주! 위대한 극월세가가 내 고장과 천하만민을 위해 베푸는 은덕에 비하면 너무도 작고 초라한 것인 것을. 나와 우리 무성현은 가진 역량을 모두 동원해 행사가 끝나는 시점까지 편 가주의 안위와 편의를 살필 것이오. 부디 아무런 걱정 없이 무탈하게 공덕을 쌓고 돌아가길 빌겠소, 편 가주!"

외모에 대한 관심이나 찬사 따위가 아니라 자신의 일로 돌아가자 비로소 고을 수령다운 위엄과 진지함을 보이는 고명환이었다.

"현령님의 보살핌을 저희 극월세가는 영원히 잊지 않고 간직토록 하겠습니다."

"하하하, 별말씀을. 그런데 오는 길에 살수들의 기습이 있었다던데 정말 괜찮으신 게요? 다친 데는 없소?"

"네. 염려해 주시고 배려해 주신 덕분에 이처럼 무사히 올 수 있었습니다."

"다행이오, 다행! 그런 나쁜 놈들이라니. 어떤 놈들인지 우리 무성현에도 나타난다면 내 기필코 놈들을 붙잡아 그들의 정체를 밝혀내겠소. 걱정 마시오, 편 가주!"

"거듭 감사드립니다."

"아이고, 이런! 먼 길 오신 피곤한 분들을 내가 너무 오래 붙잡고 있는 것 같군. 어서 올라들 가서 쉬시구려. 난 밖의 경계 상태를 점검한 뒤 내일 행사 전에 다시 오겠소."

바쁜 듯 자기가 먼저 알아서 바깥으로 향하는 젊은 현령.

그가 나가는 걸 보고 있던 시시가 중얼거렸다.

"특이하신 분이네요, 아가씨."

"응, 뭐가?"

"필요한 말만 하고 저렇게 그냥 휙 가시잖아요. 지금까지 다른 지역 현령들은 만찬이다 환영행사다 난리법석을 떨며 이리저리 끌고 다니기 바빴는데 저분은 그런 계획이 전혀 없나 봐요. 호호호, 좋은 원님 같네요."

"호호, 그래. 그러면 안 되는 것을. 저분은 젊지만 지각이 있으신 분 같이 느껴진다."

듣고 있던 외수가 물었다.

"무슨 소리야?"

돌아본 편가연이 화사하게 웃으며 설명했다.

"호호, 지금까진 늘 그랬어요. 고을 수령과 지역 유지들이 서로 나서서 연줄을 쌓기 위한 만찬 따위를 준비하죠. 자선 사업을 앞에 두고 흥청망청 회식이라니, 정말 어이가 없는 경우들이죠."

"그랬군."

이해했단 듯 고개를 끄덕이는 외수.

그가 편가연과 같이 시선을 던지고 있을 때 호리호리한 체형의 중년인 한 사람이 다가와 두 사람 앞에 깊이 머리를 조아렸다.

"가주, 공자! 무성현 일대 세가의 사업을 총괄 지휘하고 있는 지부장 엄왕수입니다."

딱 보아도 상인 냄새가 물씬 나는 마흔 중반쯤의 인물.

"네, 엄 지부장님. 오랜만에 뵙네요. 그리고 다른 분들도. 다들 잘 지내셨죠?"

편가연이 지부장 뒤로 늘어서서 대기하는 이십여 명의 극월세가 무성지부 종사자들에게도 인사를 건네자 그들이 일제히 고개를 숙여 화답했다

"예, 가주! 걱정 많이 했는데 이처럼 무사히 도착하셔서 천만다행입니다."

"네, 감사합니다. 이번 행사에도 많이들 힘써주세요."

"하하, 여부가 있겠습니까. 걱정 붙들어 매어 놓으십시오!"

힘 있는 대답들.

"가주, 공자, 일단 자리로 앉으시죠."

편가연과 외수가 무성지부장 엄왕수가 이끄는 대로 거실 중앙에 마련된 자리로 갔다.

자리에 착석한 편가연이 먼저 물었다.

"구휼 대상 주민들의 숫자는 파악이 되었나요?"

"예, 가주. 상촌 지역 구휼 대상 주민 외 주거가 없이 떠도는 빈민들까지 예상하면 최소 오백에서 칠백여 명이 몰려들 것으로 보입니다. 그리고 행사와 가주님을 뵙기 위해 몰릴 인파까지 감안하면 삼천 명 이상 들끓게 되지 않을까 예상됩니다."

"음, 나눠줄 물품들은 어떻게 되었나요?"

"쌀과 보리, 그리고 피복류 등 차질 없이 준비했고, 직접 오지 못하는 빈민들은 인원을 따로 차출해 그들의 거주지로 직접 방문하여 전달할 예정입니다."

"잘하셨군요. 한 분도 빠짐없이 손길이 닿도록 세세히 살펴주세요."

"예, 가주. 비단 지금 이 극월(極月)의 시기뿐 아니라 평소에도 극빈자들을 주시하고 살펴왔기에 어느 한 곳 빠지지 않고 모두가 새로운 힘을 얻게 될 것입니다. 이런 게 모두 가주님의 은덕입니다."

"무슨 말씀을. 모두 여러분들께서 일 년 내내 힘써주신 덕분이죠."

"아가씨!"

문득 호칭을 바꾸는 지부장.

"감개무량합니다. 전대 가주께서 이렇게 아픔을 당당히 이겨내며 적에 맞서 훌륭하게 세가를 이끌어가는 아가씨를 보면 얼마나 기뻐하실지……"

숙연해진 분위기.

편가연이 새삼 궁외수를 의식하며 그를 돌아보자 엄왕수가 같이 시선을 옮겨 격양된 감정을 이어갔다.

"궁 공자, 감사드리오. 아가씨뿐 아니라 저희에게도 공자님은 큰 희망이시오. 아마 궁 공자께서 계시지 않았다면 우리 극월세가는 여기까지 오지도 못했을 것이오. 저희 월가인 일동은 이미 궁 공자를 마음속 깊이 숭배하고 또 아가씨와의 인연을 축복하고 있소. 오래오래 저희들을 이끌고 지켜주십시오."

"……"

멋쩍고 어색한 외수. 이런 분위기 이런 경우가 가장 난감한 그였다.

이번에도 편가연이 끼어들어 해소해 주었다.

"고생하셨습니다. 이제 돌아들 가셔서 내일 일정을 준비해 주세요."

"예, 가주! 그럼 지부로 돌아갔다가 아침 일찍 모시러 오겠습니다. 편히 쉬십시오."

지부장 엄왕수를 비롯해 같이 자리했던 이들이 모두 일어나 허리를 꺾어 보인 뒤 우르르 밖으로 몰려나갔다.

아직도 환영의 함성이 가시지 않은 바깥 분위기.

다소 민망한 외수가 바로 자리를 털고 일어났다.
"음, 객실부터 둘러봐야겠군."
외수가 위층으로 난 계단을 향해 걸음을 옮겨가자 눈만 따라 움직이던 편가연이 살짝 얼굴을 붉혔다.
이젠 정말 혼인을 서둘러야겠단 생각을 하는 그녀였다. 세가에서의 위치뿐 아니라 대외적인 궁외수의 위상도 공고히 할 필요가 있어서였다.

    *   *   *

객관은 훌륭했다. 공간 활용이 적절히 된 구조부터 갖춰진 시설, 꾸며진 환경까지 최상급의 객관이었다.
모두가 저녁식사를 마치고 휴식에 들어간 시간.
객관 안팎으로 경계 상황 점검을 마치고 반야의 방까지 들러 그녀를 확인한 외수는 자기 방으로 돌아와 운기행공을 시작했다.
가부좌는커녕 침대 위에 올라앉지도 않고 대충 걸터앉은 자세.
피곤한 몸을 회복시키는 것도 중요했지만 최근 빠르게 늘어나 축적되고 있는 새로운 힘을 다스려 안착시키기 위함이었다.
최근 외수는 낭왕의 일원무극신공이 아닌 새로운 운기법

에 눈을 뜬 상태였다.

낭왕의 심공에서 크게 벗어나지는 않으나 여러 갈래의 다른 길이 있다는 것을 알았고, 그것을 수련하면서 무섭게 증가하는 공력을 확인하고 있는 중이었다.

외수는 자신이 하는 게 무엇인지 몰랐다. 그저 보이는 길을 쫓아가고 있다고만 생각할 뿐이었다.

그것이 일원무공신공이란 중원 무림 최강의 내공심법을 만들어 남긴 낭왕의 능력을 뛰어넘는 엄청난 일이란 것을 전혀 인지하지 못하고 있었다. 그것도 낭왕의 무극신공이 만드는 내력의 또 다른 부분이라고 여길 뿐이었다.

온몸에 팽배한 힘.

대략 반 시진쯤 완전히 운기에 몰입해 있던 외수가 긴 호흡과 함께 눈을 떴다.

그런데.

"헉?"

소스라치게 놀라는 외수. 눈앞에 커다란 눈망울이 껌벅거리고 있었기 때문이다.

"어머, 제가 놀라게 해드렸나요? 갑자기 눈을 뜨시니……."

외수만큼이나 놀라 움찔 당황한 편가연.

외수의 운기행공을 허리까지 숙여 들여다보던 그녀였다. 외수의 몸에서 아지랑이 같은 기운들이 피어올라 그것이 신기해 가까이에서 살피던 그녀.

"뭐, 뭘 하고 있어. 여기서?"

정말 뒤집어질 듯이 놀란 외수. 솔직히 심장이 떨어질 뻔한 그였다. 귀신인 줄 알고.

하늘하늘 희고 얇은 잠옷차림의 그녀. 하지만 언제나 흐트러지지 않는 정숙한 자세는 변함이 없었다.

외수는 그녀의 몸에서 좋은 향기가 난다고 느꼈다. 남심(男心)을 자극하는 향기.

그러고 보니 그녀의 손에 작은 쟁반이 들려 있었다. 작은 술병과 작은 잔 두 개가 놓인. 하지만 외수가 맡은 냄새는 그 술 향기가 아니었다. 분명 남자만이 맡을 수 있는 여자의 향기였다.

편가연이 한 걸음 물러나며 어색하게 살포시 웃었다.

"한잔 대접해 드리려고 왔어요. 숙면에도 도움이 될 것 같아서……."

"……."

다소 당황스럽고 어안이 벙벙한 외수였다. 한 번도 이런 적이 없었던 그녀이기 때문에. 더구나 속이 비칠 수도 있는 잠옷에 그것만큼이나 얇은 겉옷 하나 걸치고서.

'이 여자가……?'

외수가 어리둥절해 있는 사이 편가연이 들고 온 술 쟁반을 외수 옆 침대 위에 가만히 내려놓고 술을 따랐다.

쪼르르.

맑은 술이 채워지는 소리.

한 입에 톡 털어 넣으면 끝일 듯한 작은 술잔을 편가연이 두 손으로 가만히 들어 외수 앞에 내밀었다.

"드… 세요."

다소 부끄럼이 묻은 목소리.

힐긋 쳐다본 외수가 주저 않고 잔을 받았다.

분위기가 요상했다. 무슨 의미이고 무슨 의도인지 몰라 외수가 물끄러미 보고 있을 때 자신이 내려놓은 술 쟁반 옆으로 가서 나란히 앉는 편가연.

숙여진 고개, 살짝 달아오른 듯한 목덜미.

"한 잔 줄까?"

외수가 술잔을 든 채 물었다.

잔을 두 개 가져왔을 땐 당연한 의미일 텐데 외수는 그것을 생각지 못했다.

"네."

즉시 잔을 채워가는 외수.

쪼르르.

편가연의 길고 하얀 두 손의 손가락이 예쁘게 모아서 채워진 술잔을 가져가자 외수가 다시 넌지시 물었다.

"무슨 일이야?"

"그냥… 매번 저 때문에 고생하시는 공자님께 제 손으로 술을 가져다드리고 싶었어요. 싫으… 신가요?"
 외수는 대답하지 않고 술잔을 입에 물며 곁눈질로 편가연의 눈치를 살폈다.
 정말 분위기 묘했다. 다른 의미의 신체적 질풍노도의 시기를 겪고 있는 외수 아니었던가.
 그런 불길 앞에 '날 잡아 잡숴' 하는 태도나 다름없는 편가연이 먹잇감 노릇을 자처하는 모습이니 어찌 외수의 눈길이 슬금슬금 더듬어대지 않을 수 있을까.
 긴 목선. 굴곡진 허리, 침대에 반쯤 묻힌 엉덩이…….
 "음……!"
 술잔을 입에 문 채 신음을 흘리는 외수. 그것이 편가연이 지닌 선의 아름다움에 대한 감탄인지 들끓는 육체적 욕망의 인내 때문인지 모호하기만 했다.
 "자, 마셔! 한잔 더 하자고!"
 갑자기 외수가 물고 있던 잔을 내려놓고 술병을 들며 씩씩한 태도를 보였다.
 그 바람에 편가연이 편해진 듯 살짝 돌아보곤 주저 없이 잔을 비웠다.
 독한 술. 이길 수 없는 사람이라면 몇 잔에도 딱 쓰러지기 좋은 독주였다.
 쪼오옥.
 두 번째 술잔을 비우는 편가연을 보며 입꼬리 미소가 슬금

슬금 길어지는 외수. 먹잇감이 픽 쓰러지길 기다리는 늑대의 눈길이 틀림없었다.

 같은 시간. 시시는 얼굴 가득 어두운 기색을 띠고 자기 방을 어지러이 서성대고 있었다. 술을 준비해 달라던 편가연이 잠자리 날개 같은 잠옷 차림으로 외수의 방으로 혼자 들어가고 난 뒤부터였다.
 무엇을 걱정하는 것인지.
 "괜찮아. 별일 없을 거야. 그냥 대화나 나누시려고……."
 한참을 정신없이 왔다 갔다 하던 시시는 결국 불안감만 잔뜩 안고 침대 끄트머리에 털썩 걸터앉았다.
 시무룩한 시시. 어차피 두 사람이 정혼한 사이라고 마음을 다잡지만 가슴이 아리고 저민 건 어쩔 수 없었다.
 "아가씨는 하필이면 그런 차림으로……."
 눈물이 떨어질 것 같은 얼굴의 시시. 안 봐도 두 사람의 모습이 그려지는 탓이다.
 쓰러진 편가연. 음흉한 외수의 눈, 엉큼한 외수의 손.
 결국 시시는 침대 위로 엎어져 이불에 머리를 처박고 애꿎은 발만 굴러댔다.
 "아잉, 어떡해. 음탕하기 이를 데 없는 분인데……."

第三章
다가서는 음모(陰謀)

치사한 새끼!
시작을 했으면 끝을 보든지.
몸만 달궈놓고, 약 오르게 간만 보고 가는 건 뭐람.

—애끓는 조비연

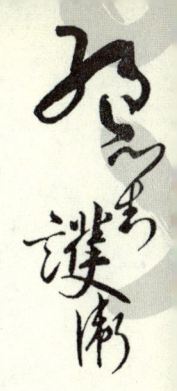

깊어진 어둠 속 마치 귀신이 스멀스멀 기어 나올 것 같은 폐가(廢家)였다. 다 쓰러져 가는 건물엔 두꺼운 먼지와 거미줄만 끼었고 마당 안팎으로 마른 잡초들이 무성했다.

그런 폐가를 오연히 굽어보며 우뚝 선 노송(老松) 한 그루.

살아온 세월이 자랑스럽단 듯 굵은 가지들을 사방으로 뻗어낸 그 굵은 노송 아래 건장한 두 인영이 어슬렁거렸다.

"아버지, 이번에도 실패하면 제가 직접 나서겠습니다."

"흠······."

얼굴을 가렸던 면사모를 벗고 납작한 바위에 엉덩이를 걸친 편장우는 아들 무열의 말에 다소 심각한 표정을 지었다.

"그건 위험부담이 너무 크다. 자칫 우리가 알려지기라도 한다면 모든 것은 허사가 돼."

"제 무공을 알아보는 이도 없을 테고 모습이야 충분히 위장으로 감추면 되지 않습니까. 답답해서 견딜 수가 없습니다."

"그렇긴 하다만 그래도 궁외수란 놈 때문에 마음에 걸린다. 그놈이 해온 게 있어서……."

"그래서 제가 끝을 내야 한다는 것입니다. 이번 이 절호의 기회를 놓칠 수 없습니다. 가연, 그 아이가 스스로 노출을 하는 때 아닙니까. 해도 바뀌는데 더 지체할 순 없죠. 그나저나 이것들은 또 늦는군요."

검까지 뽑아 들고 짜증을 뿌려보던 편무열이 짙은 어둠 속을 노려보며 화를 더했다.

그리고 잠시 후 몇 사람의 기척이 멀리서 다가오는 게 느껴졌다. 하지만 편무열은 그 느긋한 기척에 거듭 화를 토했다.

"이것들이 죽으려고 작정을 했군. 간덩이들이 부었어!"

무위가 급격히 상승하고 적수가 없다고 느껴지면 오만해지는 것인가?

원래 급하고 오만한 성격의 편무열이었으나 '무왕 동방천'의 절대비공을 일신에 지니고 나서부터는 더욱 거칠고 광오해진 그였다.

이윽고 서늘한 편무열의 시선 속으로 들어서는 여섯 인영.

"이젠 아주 제멋대로들이군."

툭 던져진 편무열의 거친 언사에 천우선의 눈매가 날카롭게 날아가 꽂혔다.

"방금 뭐라 했나?"

비영문주 금쇄살도 천우선.

다섯 수하와 나타난 그는 이전과 분위기가 많이 달랐다. 몹시도 억눌러진 모습. 무언가 작은 촉발이라도 있으면 걷잡을 수 없이 터져 버릴 것 같은 억제된 분노가 전신을 휘감고 있었다.

그것은 같이 온 다섯 인물도 마찬가지였다. 누군가를 향한 분노가 이글거리는 눈들.

"이건 뭐지? 도발인가?"

"도발? 검을 빼 들고 있는 네 태도는 무엇이냐? 어린놈의 자식이 무위 좀 갖췄다고 안하무인 건방을 떠는 꼴이라니. 네 눈엔 우리가 네놈 가문의 졸(卒)로 보이느냐?"

"뭐얏?"

돌변한 천우선의 태도에 당황한 편무열이 발끈했다.

그때 앉아 있던 편장우가 일어서며 날 선 분위기를 갈라놓았다.

"이번에도 실패한 모양이로군."

천우선의 시선이 날카롭게 돌아갔다.

"편 가주, 참으로 쉽고 간단하게 말하는구려. 실패라고 했소? 이번에도 우린 이백 명의 가족을 잃었소. 이건 실패가 아니라 몰락이오. 우리 비영문이 몰락을 눈앞에 두고 있단 말이오!"

인내하지 못하는 분노가 차올라 숨통까지 틀어막고 있는 듯한 천우선.

"우린 최선을 다했고 지금도 최선을 다하고 있소. 그런데 모든 게 우리 탓인 것처럼 말하는 그 태도는 뭐요? 당신의 어린 자식새끼까지 하수인 대하듯 굴 정도로 우리 비영문이 우습소?"

"……."

"크하하핫, 하하하핫!"

생각지 못한 천우선의 태도에 편장우도 당황스러운 그때 편무열이 폭소를 터뜨렸다.

"그러니까 뭐야. 결론은 이번에도 또 실패했단 거고 자기들의 무능함을 주체하지 못해 이렇게 우릴 향해 핏대가 섰다는 거군. 푸하하, 푸하하핫! 정말 어이없고 한심하기 짝이 없는 작자들이로군. 애초에 우리가 헛다리를 짚었어."

노골적인 비웃음. 천우선이 결국 폭발하고 말았다.

"편무열! 그렇게 자신이 있느냐? 무엇이 그리 당당하고 대단한 것이냐? 쥐뿔도 없어 혈족의 가문을 노리는 주제에. 극월세가를 빼고 보면 너희 편씨무가가 우리 비영문보다 나은 게 무엇이냐? 극월세가가 아니었다면 너희 편씨무가 따위 거들떠보지도 않았다! 한데 자신들을 돕고 있는 우리를 감히 발바닥의 때보다 못하게 여겨? 이런 빌어먹을 놈의 새끼! 아무리 비영문이 큰 피해를 입었다고 해도 너 같은 개차반을 용서하고 가진 못하겠다!"

쓰릉―

천우선이 시퍼런 자객도를 거칠게 뽑았다. 그러자 그를 보좌한 다섯 명의 살수들도 일제히 칼을 뽑아 편무열을 겨누었다.

더욱 짙고 비릿한 웃음을 머금는 편무열.

"크흐흣, 어차피 끝장난 마당이라 이판사판이다 이거군. 겉으로 보이는 것만 믿는 어리석은 것들. 귀살문을 없애고 자기들을 지금 위치까지 끌어올려 준 게 누구란 사실조차 까맣게 잊은 모양이지? 그래, 너희 같은 것들은 굳이 되새겨 줄 필요도 없어. 모조리 죽여주마!"

편무열이 맹렬한 살기와 함께 검을 쳐들었다.

"하룻강아지 같은 새끼! 자신이 쥔 것만 알고 힘이면 다 되는 줄 아는 풋내기! 그래, 끝내자! 같이 동조한 이들을 이딴 식으로 대하면 어떤 대가가 기다리는지 네놈 눈으로 직접 확인해 보아라!"

"찍소리라도 내어보고 죽겠단 것이냐. 흐흐흐, 아무런 쓸모도 없는 네놈들 따위 죽이는 데 무슨 대가?"

"정말 철부지로군. 말도 섞기 싫다, 이 빌어먹을 자식아!

다가서는 음모(陰謀) 73

네놈 하고 싶은 대로 해라! 애초에 이런 것도 모르고 음모에 같이 동조한 우리가 등신이고 바보다! 어디 네놈 마음대로 극월세가를 차지할 수 있는지 두고 보자!"

"멈춰!"

천우선의 거침없는 악다구니에 편장우가 끼어들었다.

"무슨 말이냐, 천우선?"

"뭘 모른 척하시오. 설마 당신도 당신 계획에 가담한 이들을 쓰다가 아무렇게나 버려도 되는 소모품쯤으로 여겼던 것이오? 푸하하, 그렇다면 그야말로 비극이로군. 적어도 당신은 현명하게 머릴 굴릴 줄 알았더니……."

"……."

"이보시오, 편 가주! 당신이 이 계획을 들고 누군가에게 떠벌였을 땐 그 누군가도 공동운명체가 되는 것이오. 당신의 비밀을 같이 갖게 된 동지! 그런데 그 동지를 버리려 하면 어찌 되겠소? 배반을 당한 자의 입장에선 과연 혼자 죽으려 들겠소? 그래, 너라도 잘하긴 바란다면서 그냥 고이 죽어준답니까?"

"무엇이?"

듣고 있던 편무열이 다시 발끈했다.

하지만 천우선은 콧방귀만 뀌었다.

"미친 새끼, 아직도 제놈 잘난 줄만 알지! 같이한 이들의 피해와 아픔을 보듬고 위로하기는커녕 오히려 무능하다며 이제 필요 없다며 검을 들이대?"

"……"

"오냐. 죽여 보아라! 극월세가라는 천하제일 가문을 집어삼키려는 거대한 음모가 여기 우리만 죽인다고 이대로 묻히는지 확인해 보자. 천하에서 가장 사랑받는 가문, 그 위상을 이룩한 편장엽 가주를 죽이고 그 딸마저 죽이려 하는 게 다른 이도 아닌 바로 같은 핏줄의 숙부와 사촌 오라비라는 것이 알려지면 과연 어떻게 세상이 반응하는지 궁금하다. 어디 그 잘난 무위 한 번 펼쳐 봐! 이 천지분간도 못하는 어린놈의 새끼야!"

갈 데까지 간 천우선의 분노. 이 일에 가담한 후 지금까지 사백이 넘는 식구들을 잃었다는 사실에 인내할 수 없는 억울함까지 겹치는 중이었다.

폐부를 찔린 편장우가 서둘러 수습을 하고 나섰다.

"천 문주, 그 무슨 망발인가. 오해를 한 것 같은데 화부터 삭이시게."

"오해? 당신 아들이 우릴 죽이겠다고 하는 것도 오해요?"

"저놈도 마음과 뜻대로 되지 않아 답답해서 저런 것이니 이해하시게. 천 문주 말대로 아직 성숙하지 못해 그런 것이야. 내가 어찌 비영문의 피해를 모르겠는가. 무열 이 녀석, 어서 검을 거두고 사죄드리지 못할까!"

완전히 꼬리를 말고 속내를 감춘 편장우.

편무열도 그 뜻을 모르지 않았다. 그는 슬그머니 검을 내리고 무안한 척했다.

"천 문주, 내가 사과하겠네. 녀석의 성질을 다잡지 못한 탓이야. 내가 어찌 비영문의 노력을 모르겠는가. 피해야 안타깝지만 일을 성사시킨 후에 그에 대한 보상이 결코 섭섭지 않게 이루어질 걸세."

노려보는 천우선. 치미는 화가 삭여지지 않는 그였지만 그로서도 어쩔 수 없었다.

"독곡의 독살들과 같이 최후의 살계(殺計)를 준비 중이오. 이번엔 결코 빠져나가지 못할 것이오."

"그래. 이번에 반드시 끝을 봐야 해! 우리도 따로 준비 중이니 뒤는 생각지 말고 최선을 다하세."

"……."

사활을 건 천우선. 화를 삭일 수 없는 그였지만 더 이상 따질 수도 없는 입장이었다.

이 판국까지 와서 끝을 낼 관계도 아니거니와 결국 그들에 기대어 두고두고 비영문의 손실을 회복할 수밖에 없었기 때문이다.

"어쩌다 여기까지 왔는지 모르겠소. 이 일에 이처럼 막대한 피해가 날 줄은……."

"그 피해와 손실 다 메워질 것이네. 아니, 몇 배로 다시 채워주지. 이번에 그 아일 제거하기만 한다면 말이야."

노려보는 천우선. 그는 편무열을 흘깃 쏘아본 뒤 편장우에게 말했다.
"그 말 믿겠소. 다시는 우릴 자극하지 마시오. 일이 성사된 후에도 어차피 지속해야 될 관계잖소."
"그렇지. 그렇고말고. 걱정 말게. 오늘 무열이 행동은 자기 분을 못 이긴 탓이야."
"그럼 가겠소."
천우선이 완전히 걷히지 않은 분노를 안고 수하들과 돌아섰다.
천천히 어둠 속을 사라져 가는 그들.
감정을 통제하며 억지 표정을 짓고 있던 편무열이 이를 갈아댔다.
"여우같은 놈들이군요. 맘 같아선 당장 베어버리고 싶습니다만."
"써먹을 수 있을 때까진 써먹어야지. 그 후에 쓸어버려도 충분하다. 무망살을 동원해서 한꺼번에 모조리."
"안 되겠습니다, 아버지. 또 실패할 것에 대비해 역시 제가 직접 나서서 목을 치는 게 낫겠습니다. 가연이 그 아이뿐 아니라 궁외수란 그놈도!"
"음, 그래. 저것들 꼴을 보니 이제 미덥지가 않다. 이번엔 반드시 돌아가기 전에 끝을 보자. 무망살도 불러내는 게 좋을 것 같다."

다가서는 음모(陰謀) 77

"예, 아버지. 확실하게 하기 위해 스무 명만 불러내도록 하죠."

"그래, 그 정도면 흔적도 없이 쓸어버릴 수 있겠지. 누가 한 짓인지도 모를 것이다. 가자. 새해 벽두엔 영흥에서 쉬고 싶구나."

"흐흐흐, 걱정 마십시오. 꼭 그리 될 겁니다."

편장우와 편무열은 나름의 확고한 신념으로 인해 기분 좋게 어둠 속을 헤쳐 갔다.

＊　　＊　　＊

방 안에서 혼자 이불을 뒤집어쓴 채 괜한 베개만 쥐어뜯던 시시는 결국 추슬러지지 않는 심장 때문에 슬그머니 문 밖으로 고개를 내밀었다.

너무나 조용한 복도, 그리고 궁외수의 방. 작은 대화 소리도 들리지 않았다.

살금살금 방에서 나오는 시시.

외수의 방 안쪽 기척을 더 깊이 탐지(?)하기 위해서였다.

그런데 쫑긋 세운 귀를 방문 쪽에 가져다대려는 그때 덜컹 문이 열렸다.

새빨간 얼굴의 외수.

"고, 공자님……?"

"……."

놀란 시시. 시시는 빨개진 외수의 얼굴이 술기운 때문이 아니란 것을 바로 알아차렸다.

언제부터인가 술 때문에 몸이 빨개지는 일은 아예 없어진 그였기 때문이다.

"흠흠, 음!"

어색한 외수의 표정과 헛기침. 눈길을 마주하지 못하고 쭈뼛쭈뼛 피하는 그의 행동에 시시는 불안감이 증폭되고 말았다.

"흐음, 시시. 혹시 네가 준비한 술이야?"

"네."

"음음, 고마워."

"네? 무엇이 고맙단……?"

"무척 좋았어. 몇 잔 마셨을 뿐인데 팽팽 도는 것 같군. 몸도 화끈거리고. 흐흐."

시시는 외수가 머금는 웃음의 의미가 너무도 불량(?)해 보여 더욱 머릿속이 터질 것 같았다. 그가 그런 장난기 어린 웃음을 흘릴 땐 분명 뭔가 '음흉한 사고'를 쳤을 때란 것을 익히 알기 때문이다.

"아… 가씨… 께선……."

"안에 있어. 으음, 들어가 봐. 웃겨. 대접하겠다고 가져와 놓곤 자기가 먼저 뻗어버렸어. 난 찬 공기 좀 쐴 겸 경계 상황

좀 둘러보고 올게. 그럼. 험험."

내빼듯 뒤도 안 돌아보고 바깥으로 나가는 외수.

잠깐 멍하니 보고 섰던 시시는 얼른 정신을 차리고 외수의 방문을 열어젖혔다.

침대 위로 벌렁 나자빠져 있는 편가연.

마치 졸도해 쓰러진 사람 같은 모습에 시시는 놀라 뛰어갔다.

"아가씨?"

보기 민망할 만큼 흐트러진 자세.

그 흉한 꼴에 시시는 허겁지겁 주요 부위들을 겉옷을 가리고 여며주며 깨우려 애를 썼다.

"아가씨, 아가씨? 정신 차리세요."

"으음… 시시. 시시야?"

"네, 저예요. 아휴, 얼마나 드셨기에 이 지경까지……."

울상의 시시.

하지만 혼미한 정신의 편가연은 더없이 행복한 웃음을 지었다.

"시시, 네가 가져다준 술 아주 좋아. 있잖아, 마치 꿈속의 따스한 손길이 내 온몸을 어루만져 주는 느낌이었어. 환상에 빠졌다 깬 기분이랄까. 아음, 너무 좋아. 히히."

"……?"

온몸을 어루만져 주는 느낌?

시시는 더듬대는 외수의 손을 연상하고 차라리 눈을 질끈 감아버렸다.
"으음, 그 술 또 있어? 한 병만 더 부탁해."
"정신 차리세요, 아가씨. 그리고 어서 일어나세요. 여긴 궁공자님 방이잖아요. 아가씨 방으로 가요."
힘겹게 편가연을 당겨 일으키는 시시. 하지만 술에 취해 늘어진 그녀를 부축한다는 게 보통 일이 아니었다.
"히히. 사랑해, 시시. 나 너무 행복해. 그 술 또 줘."
와락 끌어안는 편가연. 하지만 시시는 엉겨 붙은 그녀를 힘겹게 부축해 일으키며 다시는 술 따위 가져다주지 않겠다고 입술을 꼭 깨물었다.

* * *

행사가 시작되는 첫날. 만안객관 마당 안팎이 이른 아침부터 북적거렸다.
무성현 극월세가 지부 사람들이 몰려와 행사를 위한 이것저것 점검을 하느라 여념이 없었기 때문이고, 주민들 중 성급하고 부지런한 이들이 벌써부터 편가연을 보기 위해 나와 진을 치고 있는 탓이었다.
하지만 많은 사람이 움직이는 모양새긴 했어도 크게 소음이 일거나 하진 않았다.

다가서는 음모(陰謀)

행사를 준비하는 월가인들도 그랬고 편가연의 모습을 확인하려는 구경꾼들도 다 같이 조심하는 모습들.

"아가씨께선 아직 기침 전이신가?"

행사 준비를 모두 끝내고 이제 행사 거행 지역으로 이동할 일만 남겨놓은 지부장 엄왕수의 물음에 현관 출입을 통제하고 있던 온조가 객관 안쪽을 힐끔 돌아보곤 고개를 끄덕였다.

"그런 것 같구려. 아직 방문이 열리지 않았소."

"흠, 그래? 이상하군. 평소의 아가씨는 이 시간이면 벌써 일어나셨을 시간인데?"

"……."

온조는 그 이유를 알고 있었지만 굳이 엄왕수에게 말하지 않았다.

"아직 출발 시간까진 많은 시간이 남았잖소. 기다리시오."

"아, 물론 그러겠지만 생소해서 말일세. 혹시 밤사이 무슨 일이 있었던 건 아니지? 적의 기습이라든지."

"없었소. 저기 관원들이 아무 일도 없이 무사히 교대하는 걸 보고도 모르시오."

온조가 턱 끝으로 가리킨 곳. 객관 담장 외부를 경계했던 관원들이 새로 온 이들과 임무 교대를 하고 있는 모습들이었다.

"그렇군. 알겠네. 혹시나 해서 해본 말이었네."

그 시각. 시시는 잠도 자지 않고 밤새 편가연의 곁을 지키고 앉아 있었다.

편가연의 술기운이 걱정스러워서가 아니라 시도 때도 없이 출몰하는 그 음흉한 늑대가 또 언제 기어들지 몰라서였다.

"시시, 시간이 어떻게 됐지? 내가 지금까지 잔 거야?"

편가연이 부스스 눈을 비비며 일어났다.

"편히 주무셨어요?"

"이런, 나답지 않게 늦잠을 잤네."

"아니에요. 조금 더 주무셨을 뿐 늦은 건 아니에요. 서두르지 않으셔도 돼요."

"그래? 그런데 어떻게 된 거지? 공자님과 술을 마시고 있었는데?"

"취해 쓰러지신 걸 제가 모시고 왔어요."

"어머, 흉한 꼴을 보여드린 건 아니야?"

"괜찮아요. 아무 일도……."

시시는 눈을 맞추지 못했다. 데려다 눕혀놓은 이후에도 계속 행복한 꿈에 젖어 히죽대며 자던 그녀를 기억하기 때문이다.

침대에 걸터앉은 채 자신의 몸을 내려다보는 편가연. 아직도 꿈인지 생시인지 분간을 못 하는 모습인데, 입가에 지은 그녀의 산뜻한 미소가 창으로 비치는 아침 햇살만큼이나 행복하고 싱그러웠다.

시시가 울상을 한 채 일어났다.

"기다리세요. 씻으실 물 준비할게요."

             *   *   *

준비를 마친 편가연이 궁외수와 객관의 현관을 나오자 객관 바깥을 가득 메운 군중들이 일제히 함성을 터뜨렸다.

와아아아아―

구경꾼뿐만 아니었다. 편가연을 처음 보는 월가 무성현 지부 일꾼들도 마찬가지였다.

구호품을 실어 나르기 위해 모인 그들. 짐이 산더미처럼 실린 수레 옆에서 월가인이란 자부심에 한껏 고무된 모습들이었다.

"편가연 만세! 극월세가 만세!"

끊이지 않고 이어지는 함성. 그 속에 궁외수에 대한 관심들도 이어졌다.

"햐, 저분이 궁외수 공자인가 봐."

"그런가 보군. 멋지네. 귀공자 유형은 아니지만 정말 사내답게 생겼어. 선친 간에 맺은 인연이라지?"

"아주 잘 어울려. 영웅과 절세미인!"

"흐흣, 어서 혼인했으면 좋겠군. 그럼 정말 가슴 뛰는 일일

거야."

"그런데 극월세가를 노린다는 그 나쁜 놈들이 이번에도 나타날까?"

"글쎄? 죽일 놈들! 편장엽 전 가주를 살해한 것도 모자라 그 딸까지 노리다니. 빠드득! 어떤 놈들인지 하루빨리 밝혀져 처참히 심판하는 날이 왔으면 좋으련만."

"맞아. 그런 놈들은 천하 만민 앞에서 심판해야 돼. 살가죽을 벗기고 내장을 꺼내서 말이야. 다시는 그 누구도 극월세가를 건들 엄두를 내지 못하도록!"

"어쨌든 궁외수 공자가 있어서 다행이야. 그가 없었으면 어쩔 뻔했어."

"그래, 정말 천생배필이야."

사람들이 저마다 환호와 찬사를 늘어놓고 있을 때 편가연이 연호하는 그들을 향해 손을 흔들었다.

"편가연 만세! 궁외수 공자 만세!"

마당의 준비된 마차로 향할 시간.

"궁 공자님, 제가 공자님의 팔을 잡고… 걸어도 될까요?"

팔짱을 끼겠단 소리였다. 편가연은 보는 사람들을 위해 그렇게 하겠단 의도였지만 외수는 경호상 그게 더 안전할 것 같단 생각에 거절하지 않았다.

"그게 좋겠군. 여기서 움직이는 동안엔 계속 그렇게 다니는 게 좋겠어."

"네, 그러겠어요."

화려한 미소를 무는 편가연.

"가지!"

거침없이 앞서 걷는 외수. 편가연이 기품 있는 자세로 팔을 잡은 채 따라 걷자 사람들의 연호는 더욱 거세어졌다.

하지만 지금 외수에겐 환호 따윈 안중에도 없었다. 군중들 속에서 언제 튀어나올지 모를 살수들에 대한 경계심 때문이었다.

그 여느 때보다도 위험수위가 높은 상황. 사소한 움직임에도 바늘 같은 신경을 곤두세워야 하는 외수였다.

편가연을 마차에 태우고 외수가 백설 위에 올라타자 비로소 이른 아침부터 분주히 준비되었던 행사 행렬이 움직이기 시작했다.

대행렬이었다. 이미 행사 지역에 옮겨진 식량 따위 구호품 외에도 피복과 생필품 등을 가득 실은 수레 수십 대가 행렬을 이었다.

* * *

"눈발이 곱구먼."

"하하, 한 해의 마지막 날 아닌가. 하늘도 오늘을 축복하는 게지."

한적한 들녘 길가에 천막을 쳐 놓고 오가는 행인들을 상대로 따뜻한 국물에 면을 말아 파는 노점이었다.

"여어, 많이 파셨는가?"

두 명의 건장한 이들이 익숙한 곳인 듯 인사를 건네며 천막 아래로 들어섰다.

"어서 오십시오. 웬걸요. 저기 먼저 오신 두 분이 처음이고 이제 두 번째 맞는 손님이시오."

넉넉한 인상으로 먼저 온 손님들을 가리키며 웃는 주인.

"흐흐, 그런가. 여기 소면 두 그릇 부탁하네."

"예에. 어서 앉으십시오. 집에 가십니까?"

"그렇다네. 우리 같은 등짐 장사꾼들이 쉴 수 있는 유일한 때가 아닌가. 극월세가 같은 거대 상단이 문을 닫거니 덕분에 토끼 같은 자식들과 마누라 엉덩이도 보게 되는 거지 뭐."

"흐흐, 요즘은 다른 부호들도 어쩔 수 없이 자선 행사에 동참하면서 더욱 쉴 수밖에 없다네. 아예 물건 유통이 안 되니 말일세."

말을 하는 것을 들어보니 각 지역 시장을 돌며 생산자와 소비자 사이 행상(行商)을 하는 중간 상인들인 모양이었다.

"바람도 없는 날씨에 눈이 참으로 곱게도 내리는구먼. 그나저나 많이 쌓이진 말아야 할 텐데."

"그러게 말이야. 이번에도 극월세가는 올해 벌어들인 수익의 절반에 육박하는 거액을 빈민 구제에 쓸 것이라더군. 정말

다가서는 음모(陰謀) 87

어마어마한 돈이지. 적어도 황금 수천만 냥은 되지 않을까싶군 그래."

"흐흐, 정말 놀랍고도 대단한 가문이야. 찬사가 절로 나와. 황궁에서도 못하는 일을 그들이 하고 있지 않은가 말이지."

"그런데 난 눈보다 그런 극월세가를 위협하는 놈들이 더 걱정되는군."

"왜 아니겠나. 끊임없이 편 가주를 노려온 놈들이니 이번에도 나타날 가능성이 높아 보여. 나쁜 놈들!"

두 사람의 대화에 노점 주인도 끼어들었다.

"도대체 어떤 놈들이 그러는 것일까요? 도대체 무슨 목적으로?"

"둘 중 하나이지 않겠나. 극월세가의 막대한 재산을 노리는 자들이거나 극월세가를 몰락시켜 그들이 점유하고 있던 사업들을 빼앗으려는 놈들!"

"두 번째는 이해가 되는데 첫 번째는 어떤 자들인지 이해가 안 되는군요?"

"음, 상속권을 가진 친족이거나 세가 내 충복들 정도겠지."

"세상에. 정말 그들이라면 끔찍한 일이로군요. 가장 가까운 자들이라니."

"아직 아무것도 밝혀진 게 없어 예단할 순 없는 일이지만……. 동종 업계의 경쟁자들이 범인일 가능성이 높지만 친족이나 세가 내 인사들에 대한 의심을 거둘 수도 없지. 만약 그들이라면 정말 찢어 죽여야 할 놈들이 아닌가. 내가 알기론 유일한 친족인 섬서 편씨무가는 편장엽 가주가 살아생전 절대 섭섭지 않게 물심양면 지원을 아끼지 않았었고, 세가 내 수족들도 가족 못지않은 대우를 해온 것으로 아는데 정말 그들의 소행이라면 전국을 끌고 다니며 찢어 죽여도 할 말이 없는 흉악한 놈들인 것이지."

"이보게. 생각하기도 싫군. 누군지나 어서 밝혀졌으면 좋겠어. 편 가주의 딸이 더 이상 고통받지 않게. 나도 극월세가의 도움으로 다시 일어선 사람인데 걱정스럽군."

"나도 마찬가지라오. 다 죽어가던 가족들과 연명해 이렇게 노점이라도 할 수 있게 된 게 모두 극월세가의 그 아낌없는 나눔 덕분이었소."

바쁘게 손을 놀리던 주인이 기억이 새롭단 듯 잠시 눈 내리는 풍경에 시선을 두었다.

그런데 그때 인지하지도 못한 움직임이 소름 돋는 소음을 귓전으로 전했다.

슈컥!

무언가 베어버리는 소리에 돌아보는 주인.

그는 시뻘겋게 뿜어지는 핏줄기에 그대로 혼이 달아났다.

먼저 노점에 들어와 한쪽에서 차를 마시고 있던 젊은이였다. 그가 지금까지 대화를 나눴던 두 사람 중 한 사람의 목을 검으로 쳐 버린 것이었다.
 도대체 왜?
 같이 온 일행도 갑자기 목이 떨어져 나간 동료의 모습에 대경실색해 움직이기는커녕 아예 비명조차 지르지 못했다.
 "왜… 왜 이러시오?"
 청년의 서늘한 기운이 일행에게도 거침없이 내리꽂혔다.
 "네놈들이 네놈들 맘대로 주둥일 나불댄 대가다. 감힛!"
 스컥!
 다시 날아오르는 머리통.
 노점 주인은 소면을 말던 손을 놓고 겁에 질린 채 뒷걸음질을 쳤다.
 "살, 살려주시오. 아무것도 못 봤소. 어린 자식들과 늙은 부모가 있소. 살게만 해주시오."
 뒷걸음질을 치지만 마음대로 움직여지지 않는 다리. 너무나도 끔찍한 악마의 공포가 전신을 휘감고 있는 탓이었다.
 "남의 돈을 축내온 네깟 놈들이 살아서 무엇 하게. 그냥 죽어야지!"
 "살려주시오. 잘못했소. 살려만 주시오, 제발!"
 결국 주인은 무시무시한 공포를 흘리며 슬금슬금 다가서는 청년 앞에 엎어져 이유도 모른 채 머리를 처박고 싹싹 빌었다.
 하지만 청년의 발이 들렸고, 그리고 일말의 주저함도 없이 노점 주인의 처박힌 머리통을 찍어 밟았다.
 퍼억!
 끔찍한 소음.
 눈알은 눈알대로, 뇌수는 뇌수대로 터져 나갔을 만큼 납작 짓이겨진 머리통.
 그럼에도 청년은 분이 풀리지 않는지 펄펄 끓는 살기를 흘리며 내려다보는 시선을 거두지 않았다.
 "버러지 같은 것들! 제깟 놈들이 무얼 안다고 감히 누굴 입에 담아!"
 "가자, 무열아. 신경 쓸 것 없다."
 그때까지 묵묵히 앉아 있던 편장우가 자리에서 일어나 노점 천막을 벗어났다.
 죄 없고 힘없는 세 사람을 순식간에 도륙해 버린 편무열. 그도 그제야 다소 살기를 거두고 돌아섰다.
 끔찍한 살인을 저지르고도 느긋이 걸음을 옮겨가는 두 사람.
 뒤따르던 편무열이 불만을 삭이지 못하고 푸념을 했다.
 "멍청한 것, 돈을 그리 쓸데없는 곳에 처바르다니."
 편가연을 두고 한 말이었다.
 "그 낭비되는 돈의 반만이라도 우리에게 줬다면 벌써 천하를 제패하고도 남았을 것을. 망할!"
 "이제 와서 한탄해 봐야 무슨 소용 있느냐. 아비나 딸이나 그렇게 생겨먹은 것을. 핏줄을 나눈 형제보다 빌어먹는 가난뱅이들이 더 소중한 것들. 이제 우리가 움켜쥐면 그만인 거야."

"예, 움켜쥐어야죠. 하나도 남김없이! 그리고 지금까지와는 다른 판을 짜는 겁니다. 우리 식대로! 모든 걸!"

"그래. 다 바꾸는 거다. 황궁조차도 벌벌 떨 만큼 우리의 천하를 만드는 거야! 이 세상은 힘만 있으면 뭐든지 되는 세상이고, 힘을 가진 자만이 모든 걸 누리는 세상이니까! 잊지 마라. 네가 가진 힘만큼 소중한 건 없다. 네 숙부 편장엽이란 그놈, 그 인간처럼 멍청한 인간도 없으니. 더 큰 것을 움켜쥐고 더 많은 것을 누릴 수 있었음에도 오히려 자신의 것을 버린 멍청한 녀석! 그런 꼴이 되어선 절대 안 된다."

"말씀이라고. 제가 왜 자기 것을 남에게 다 퍼주는 그런 바보 천치가 된단 말입니까. 다 쓸어 모아도 모자랄 판에. 그리해서 지금까지 우릴 무시하고 얕잡아보았던 중원 무림 명문 세력들을 철저히 짓밟고 되갚아줘야죠."

"후후후, 그래. 믿음직하구나. 너를 보고 있으면 더 바랄 것이 없다!"

"안 됩니다, 아버지! 더 바라셔야죠! 아직 갈 길이 멀지 않습니까. 편가연의 목을 취하는 건 그 시작일 뿐, 이후 해야 할 일이 태산입니다. 긴장을 늦춰선 안 됩니다."

"후후, 그렇구나. 그래, 그러자꾸나!"

편장우와 편무열.

거대한 음모를 움켜쥐고 궁외수와 편가연을 향해 다가가는 그들의 거침없는 발걸음은 마치 벌써 모든 것을 움켜쥔 자들처럼 가볍기 그지없었다.

第四章

다 쓸어버리겠어!

미치겠군. 요즘 우리 쪽 애들이 다 직도황룡, 팔방풍우, 횡소천군 따위의 기초 무공 초식들에만 매달려 있대. 이제 시작하는 밑에 놈들이나 상승무공을 익힌 윗 놈들이나 다 똑같이 말이야. 이게 말이 돼?

—사문 점창파를 갔다 온 구대통이

　연도(沿道)에 나와 환영하는 인파가 장난이 아니었다. 농촌의 한적한 길임에도 행렬을 보겠다고 늘어선 이들이 남녀노소 끝이 보이지 않았다.
　그뿐이 아니었다. 상촌까지 이십여 리가 넘는 길. 그 먼 길을 마다않고 행렬을 쫓아오는 이들도 부지기수였고 구호품을 받기 위해 먼저 달려가는 자들도 있었다.
　그 바람에 자기들끼리 이리저리 부대끼고 치이고. 덩달아 외수와 세가 위사들 긴장 수위 또한 높아져 갔다.
　그러나 목적지인 상촌에 도착했을 때 외수는 입이 쩍 벌어지고 말았다. 마을 밖 들판을 꽉 채우고도 모자라 넘쳐 나는

다 쓸어버리겠어! 97

그 엄청난 인파.

구호품을 받으러 온 빈민들은 물론이고 주위를 둘러 들끓는 구경꾼에 행사를 도울 일꾼들까지, 온통 사람의 물결뿐이었다.

편가연 일행이 지날 때마다 어김없이 터져 나오는 환호.

"어서 오십시오, 공자. 기다리고 있었습니다."

미리 식량 따위 구호품을 가져다놓고 대기 중이던 무성현 지부의 인물이 외수가 탄 백설 앞까지 달려와 머리를 숙였다.

"놀랍습니다. 저런 인파라니."

"예, 해마다 늘어나고 있는 추세입니다. 그나마 이쪽은 거주 인구가 적은 지역이라 이 정도입니다. 다른 지역 같았으면 아마 몇 배로 들끓었을 것입니다."

"그… 정도입니까?"

놀라움을 감추지 못하는 오수가 백설의 등에서 내릴 때 편가연도 마차에서 내려섰다.

"어서 오십시오, 가주! 오랜만에 뵙습니다."

"네, 오랜만에 뵙는군요."

외수 옆에 다가서 자연스레 팔을 끼는 편가연.

지부장 엄왕수가 알아서 길을 텄다.

"아가씨, 저쪽으로 모시겠습니다. 준비가 다 된 것 같으니 가시죠."

들판 공터 쪽으로 분주한 월가인들이 보였다.

그들은 이곳이 편가연이 등장하는 행사지로 지정됨에 따라 다른 지역에서 증원 차출되어 온 이들까지 포함하고 있었는데, 오늘 빈민들에게 대접할 음식들을 만드느라 여념이 없었다.

그때 한 떼의 인마가 달려왔다.

"하하하, 하하, 편 가주. 내가 좀 늦었소."

유쾌한 무성현령 고명환이었다. 그는 허겁지겁 말에서 뛰어내리다시피 하며 궁외수와 편가연 앞으로 달려왔다.

"다행히 행사 시작 전인 모양이구려. 하하, 미안하오."

편가연이 화답의 인사를 했다.

"먼 길에 이렇게 다시 찾아주시니 그저 감읍할 따름입니다."

"오오, 무슨 말씀을. 자자, 편 가주를 저 많은 이들이 기다리잖소. 나 같은 관부 나부랭이는 물러서 있을 테니 신경 쓰지 말고 어서 행사나 시작하시오."

떠미는 시늉을 해보이며 짐짓 뒤로 물러나기까지 하는 고명환.

다시 봐도 독특하고 희한한 사람이었다.

지위를 갖고 있으면서도 까다롭지 않고 상대를 편케 해주는 사람. 호방하고 호탕한 성격에 부담이 전혀 느껴지지 않는 인물…….

어린아이같이 덜렁대는 듯해도 전혀 격식에 어긋남이 없

는 괴상한(?) 관리였다.

 편가연은 그를 뒤로 하고 월가인들이 음식을 만드느라 수고하고 있는 곳으로 향했다.

 특별히 준비된 단상은 따로 없었다.

 궁외수와 송일비, 조비연. 그리고 위사들의 호위 속에 비로소 편가연이 자신을 기다리는 사람들을 향해 마주섰다.

 그리고 기품 있는 인사.

 우레와 같은 함성과 박수가 쏟아지는 건 당연했다.

 "극월세가 만세! 영원하라, 극월세가!"

 "아름다워요, 편 가주님!"

 "사랑합니다. 힘내십시오!"

 극월세가의 행사를 환영하는 말들부터 편가연의 빼어난 자태를 찬양하는 말들까지 온갖 찬사가 쏟아져 온 들녘 하늘에 진동했다.

 그러는 와중에 편가연의 왼쪽엔 외수가, 오른쪽엔 조비연이, 그리고 뒤편엔 송일비가 바짝 붙어 서서 매의 눈을 하고 각자의 방향을 뚫어지게 살피고 있었다.

 독화살이 날아올 수도 있고, 살수가 빈민으로 변장을 하고 가까이 접근해 기습을 할 수도 있는 상황. 여느 때보다 긴장되고 초조한 순간인 탓이다.

 사람들을 향해 손을 드는 편가연. 그러자 우레처럼 쏟아지던 함성들이 거짓말처럼 뚝 그쳤다.

그 정지된 듯한 시간 속에 편가연의 낭랑한 인사말이 시작되었다.

"저희 극월세가를 아껴주시고 저희가 진행하는 사업을 지지해 주시는 모든 분들께 감사드립니다. 우선 저희가 일일이 전달하지 못하는 탓에 여기까지 힘든 걸음을 옮겨온 어려운 환경의 이웃 분들께 죄송하단 말씀부터 드리고, 그런 이웃을 다 같이 격려하고 응원해 주시기 위해 같이 자리한 주민들과 무성현 현령님, 그리고 그 외 귀빈 여러분들께도 다시 한 번 감사를 드립니다."

짧게 이어지는 박수.

"그리고 오늘 이 자리는 비명에 돌아가신 아버지를 대신해 딸인 제가 참가한 첫 행사로, 저에게도 아주 특별하단 말씀도 드리고 싶습니다."

아픔을 얘기하면서도 한 치도 흔들리지 않고 담담히 말을 이어가는 편가연.

"비록 아버지께선 비명에 가셨지만 이 극월(12월)의 자선 행사는 아버지의 확고한 철학과 신념이 담긴 사업이기에 저로서도 감히 포기할 수 없었습니다. 오늘 여기, 이 자리에 서기까지 많은 좌절과 역경이 있었단 것도 숨기지 않겠습니다. 불과 엊그제, 여기 오는 길에도 이백여 살수의 기습이 있었고, 어쩌면 오늘 이 자리에도 저의 목숨을 노리는 위협이 숨어 있을지도 모르겠습니다."

"……!?"

사람들이 즉각 웅성거렸다. 각자 주변을 두리번거리는 그들.

그때 누군가 분을 참지 못하고 편가연을 향해 소리쳤다.

"어떤 놈들입니까, 그 죽일 놈들이? 우리가 용서치 않을 것이오!"

그러자 여기저기서 동시다발적으로 분개의 아우성이 터져 나왔다.

"누군지 찾아서 죽여 버려!"

"그래, 도대체 어떤 놈들이야? 낯짝 좀 보자! 어떤 놈이야?"

마치 옆에 있으면 찢어 죽여 버리기라도 할 듯한 기세.

편가연은 여전히 흔들림이 없었으나 한쪽에서 가만히 지켜보고 있는 무성현령 고명환의 입가엔 잔잔한 미소가 흘렀다.

이 분위기 속에서 어떤 살수가 움직일 수 있을까. 행사만이라도 무사히 끝내려는 편가연의 의지가 통하고 있었다.

술렁임 속에 다시 누군가 큰 소리로 외쳤다.

"힘내십시오! 저흰 언제까지나 극월세가를 사랑하고 지지합니다!"

비로소 편가연의 입가에도 미소가 감돌았다.

"감사합니다. 저 역시 굴복하지 않습니다. 더 이상 좌절하며 웅크리고 있지도 않을 테고요. 이렇게 여러분이 힘을 주시는 만큼 더욱 힘을 내 당당히 맞서겠습니다."

"그러십시오. 절대 굴복하시면 안 됩니다."

"비명에 가신 아버지께서 생전에 제게 새겨주시던 말을 기억합니다. 세상 사람들이 자선행사라 하지만 이 사업은 원래 그들의 몫을 우리가 되찾아 돌려주는 일이라고. 올해도 저희 극월세가는 여러분의 지지 덕분에 전국에서 적지 않은 이윤을 남겼습니다. 하여 재투자를 위한 부분만 남기고 극월세가 모든 종사자들과 함께 지극한 마음을 담아 어려움을 겪고 계시는 극빈자들께 돌려드립니다."

"와아아, 정말 훌륭하시오!"

"극월세가 만세! 편가연 가주 만세!"

"오늘은 구호품을 나눠드리지만 내일부턴 의료 지원도 같이 실시합니다. 주변에 몸이 아프고 불편한 분들 계시면 꼭 나와서 진료를 받도록 도와주시길 당부 드립니다. 그럼 행사를 시작하겠습니다. 구호품 수령자들께서는 차례대로 나와 저희들이 준비한 확인 절차를 거쳐 주시고, 기다리는 분들이나 수령을 마친 분들께서는 준비된 음식을 같이 즐기시면 되겠습니다. 그럼 다시 한 번 저희 행사에 참여해 주신 모든 분들께 감사드리며 저의 인사는 여기서 가름합니다. 감사합니다."

편가연이 마지막 인사를 하려는 순간, 그때 누군가의 우렁

찬 외침이 그녀를 멈칫거리게 했다.

"잠깐만요, 편 가주! 궁외수 공자가 어느 분입니까? 우리는 궁금합니다!"

"맞소! 소개해 주시오! 소문이 자자한 그분이 어떤 분인지 알고 싶습니다. 왼쪽에 계신 분입니까, 뒤에 계신 분입니까? 아하하하!"

여기저기서 거들며 일어나는 함성과 동조의 박수.

왁자지껄한 그 소란 속에 편가연의 볼이 대번에 붉게 물들어 버렸다.

어쩔 수 없었다. 피해갈 수 있는 상황이 아니었다.

어쩌면 정혼자인 그가 더 궁금해 달려온 사람도 있을 것이었다. 그리고 싫지도 않았다.

편가연은 안색을 애써 추스르고 다시 사람들을 마주했다.

"그럼… 더없이 기쁜 마음으로 소개하겠습니다. 이미 아시는 분들은 벌써 알고 계시겠지만 수차례 위기의 상황에서 저의 목숨을 구해주시고 오늘 이 자리에 설 수 있기까지 온몸을 던져 지켜준 분입니다. 제 아버지께서 이미 이십 년 전에 제가 섬겨야 할 사람으로 꼭 찍어 정해주셨고 앞으로도 제가 믿고 의지해야 할 사람, 그리고 머잖아 곧 극월세의 주인이 될 그분. 그분이 바로 여기 제 옆에 계신 궁외수 공자입니다."

이 순간 당황한 건 궁외수였다. 그의 인상이 순간 찌푸려졌던 걸 편가연은 보지 못했다.

생각지도 못한 상황. 외수는 어떻게 반응해야 할지 몰라 시선조차 돌리지 않았다.

반면 사람들은 난리가 났다.

"아, 역시 그쪽 분이셨군요."

"멋집니다. 잘 어울려요. 궁외수 공자 만세!"

"두 분 빨리 혼인하시기 바랍니다. 아이도 순풍순풍 많이 낳고. 아하하하!"

"와하하하, 가주님께서 얼굴이 빨개지셨군."

쏟아지는 말과 웃음들.

편가연은 나쁘지 않다 생각해 자신 있게 소개를 해놓고도 목덜미까지 빨갛게 물들어 버린 채 어쩔 줄을 몰라 했다.

사람들을 쳐다보기는커녕 외수 보기도 민망해진 그녀. 결국 외수의 등 뒤로 피해 숨은 그녀지만 부끄럽고 창피해서 화끈거리는 얼굴을 들 수가 없었다.

그 난감한 상황을 구제한 건 싱긋 미소를 흘린 극월세가 무성 지부장 엄왕수였다.

"자자, 행사를 시작합니다. 구호물품 수령자들께선 앞으로 나서서 장부에 날인을 하시고 구호품을 받아 가시면 되겠습니다. 가구별로 각기 따로 준비된 물품이오니 반드시 본인 확인이 있어야 합니다. 이쪽으로 확인 절차를 거쳐 주십시오. 천천히, 서두르지 않아도 됩니다. 길게 줄을 서실 필요 없이 뒤에 계신 분들은 저쪽에 준비된 음식들을 먼저 드시도록 하십시오."

 지부장 엄왕수의 말에 따라 양쪽으로 나뉘는 빈민들. 행사를 보러온 수많은 이들도 그제야 그쪽으로 관심을 옮겼다.

 그 덕분에 부끄럼을 추스른 편가연이 슬그머니 앞으로 나섰다.

 구호품을 받기 위해 나온 노파와 어린 소년을 보았기 때문이다.

 편가연이 그들에게로 걸음을 옮기자 외수와 비연, 송일비가 즉시 그림자처럼 붙어 움직였다.

 "할머니, 이 무거운 걸 혼자서 다 옮기시게요?"

 고개를 들어 올려다보는 노파.

 작고 마른 체구에다 이미 활처럼 휘어 꺾어진 허리. 얼굴이며 손마디, 넝마나 다름없는 옷가지 등이 그녀가 살아온 삶의 여정을 여실히 증명해 주고 있었다.

 "오오, 아가씨! 은혜로운 분을 이토록 가까이서 뵙게 되다니. 거기다 말까지 걸어주시고. 광영이고 감격스럽소."

 편가연의 손을 잡으려 내미는 노파의 두 손.

 편가연이 피하지 않고 그 손을 잡아주려 했다.

 하지만 그때 별안간 외수가 편가연의 팔을 뒤로 확 잡아당겼다.

 "공자님……?"

 놀란 편가연.

외수가 그녀를 붙잡은 채 고개를 가로저었다.

"누구와도 접촉은 안 돼! 빠르게 움직여서도 안 되고. 거리도 최소한 삼 보 이상 떨어져!"

"……?"

놀라고 당황스런 기색을 감추지 못하는 편가연. 그녀는 붙잡혀 아픈 팔을 슬그머니 몸을 비틀어 빼내었다.

"연로한 할머니시잖아요."

"무림삼성은 늙은이들 아냐?"

"어찌 그들과 비교를……. 구호 대상 확인을 거친 사람들이에요. 저들은 괜찮아요."

그때 송일비가 끼어들었다.

"안 괜찮소, 편 가주!"

"……?"

"외수의 말이 맞소. 살수들이란 못 할 것이 없는 존재들이오. 저런 노파와 어린아이, 심지어 아기에게 젖을 물린 아낙네 행세를 하다가 살인을 하는 살수도 나는 봤소. 지금은 지극히 조심해야 할 때잖소. 궁외수 말을 들으시오."

"……."

안타까운 표정으로 외수와 송일비, 그리고 노파와 소년을 번갈아 쳐다보는 편가연.

"알겠어요. 하지만 이번만 가까이 마주할게요."

결국 편가연이 노파와 소년에게로 돌아섰다.

작고 낡은 손수레에 구호품들을 열심히 받아 싣고 있는 두 사람.

외수는 어쩔 수 없이 편가연 곁에 바짝 붙어 노파의 움직임을 주시했다.

거의 석 달 치의 곡식과 생필품. 빈 수레조차 끌기 힘들어 보이는 노파에겐 너무 무거워 보였다.

"할머니, 정말 가져가실 수 있겠어요?"

"아이고, 아가씨. 괜찮다오. 어떻게든 가져갈 테니 내 걱정은 하지 않으셔도 된다오. 여기 손자가 따라왔잖소."

고작 열 살 남짓의 아이.

편가연이 소년에게 물었다.

"네가 할머닐 도와 수레를 가져갈 수 있겠니?"

끄덕.

못 먹어 볼이 쏙 들어가고 눈이 퀭한 아이. 얼마나 피폐했는지 작은 체구만 아니라면 어린아이라고도 할 수 없을 얼굴이었다.

"부모님은?"

머뭇대는 소년 대신 노파가 대답을 했다.

"녀석의 어민 작년 기근을 넘기지 못하고 죽었다오. 아비는 일 나갔다 다친 후 병까지 걸려 몇 년째 누워 있고 말이오."

"……."

편가연은 울컥했다. 물론 아버지 편장엽을 따라다니며 더한 어려움에 처한 이들도 보았지만 매번 볼 때마다 가슴이 저미는 건 어쩔 수 없었다.

마른 나뭇가지처럼 앙상한 소년. 이 추운 계절에 얇은 홑옷 차림인 것도 모자라 소매부터 이곳저곳 닳고 헤진 누더기를 걸친 소년.

"엄 지부장님, 여기 이 아이가 입을 만한 옷가지 좀 찾아주시겠어요?"

편가연의 말에 엄왕수가 황급히 구호품들 중 피복류가 쌓인 곳에서 조금은 큰 듯한 겉옷 하나를 챙겨들고 왔다.

그 옷을 편가연이 소년의 어깨에 둘러 입혀주며 말했다.

"내일 아버지를 모시고 올 수 있겠니?"

소년이 이번에도 고개만 끄덕였다.

"그래, 꼭 모시고 와서 진료를 받고 약을 받아가도록 해. 알았지? 꼭!"

다짐까지 받는 편가연.

첫날이어서 그런지, 아니면 아버지 편장엽의 죽음을 들먹이며 편가연이 한 연설 때문인지 어쨌든 첫날은 아무런 사고 없이 넘어가고 있었다. 그리고 오후 일정을 마무리하고 객관으로 돌아가기까지도 살수들의 습격은 일어나지 않았다.

하지만 살수의 기습보다 더한 충격이 그날 밤 객관으로 날아들었다.

＊　　＊　　＊

"시시, 고마워!"
활짝 웃으며 술병과 잔이 놓인 쟁반을 받아 드는 편가연.
결국 주인의 요구를 거절하지 못한 시시였다. 어젯밤 입술을 꼭 깨물어 다짐을 해놓고도.
"아가씨……."
"응?"
"너무 많이… 마시지 마세요."
"호호, 알았어. 걱정하지 마."
신이 난 얼굴로 외수의 방으로 들어가는 편가연. 시시가 할 수 있는 말의 전부였다.

"뭐야? 또 마시자고?"
술을 들고 들어서는 편가연을 보고 외수는 멀뚱해졌다.
"네, 오늘도 고생하셨으니 또 한잔 대접하고 싶습니다."
여전히 아름다운 자태로 화려하고 기품 있는 미소를 머금고 선 편가연.
'이 여자가 맛 들렸나? 혹시 내가 한 짓을 전부 느낀 거였……?'
자기도 모르게 손을 들어 내려다보던 외수가 흠칫 손을 뒤로 감추고 표정을 추슬렀다.
 어제와 마찬가지로 외수가 앉은 침대 옆으로 조심스레 다가서는 편가연.
 그녀는 행사장에서 공식적으로 외수와의 관계를 공표해 버린 일도 있고 해서 오늘부터 본격적으로 혼인에 대한 외수의 의중을 떠볼 생각이었다.
 그런데 편가연이 술 쟁반을 침대 가장자리에 놓으려는데 외수가 벌떡 일어났다.
 "좋아, 오늘은 저쪽에서 받지!"
 세 개의 의자가 서로 마주보고 놓인 벽 쪽으로 성큼성큼 걸어가는 외수. 그러는 중에 그가 흘리는 기묘한 웃음을 편가연은 볼 수 없었다.
 "받으세요."
 "그래, 너도!"
 둘 다 큰 기대(?)를 속에 품고 시작하는 술자리였다.

 바로 옆방의 시시는 또 이불을 뒤집어쓰기 위해 침대 앞에서 이불 끝자락을 들고 우두커니 서 있었다.
 꼭 깨문 입술. 눈물이 쏟아질 것 같은 눈망울.
 한동안 처량히 고개를 떨구고 섰던 시시가 쥐고 있던 이불을 스르륵 놓았다. 그리고 가만히 고개를 돌려 구석의 옷장을 보더니 천천히 다가가 열었다.

챙겨온 옷가지들과 행낭을 넣어둔 옷장. 잠시 옷장 안의 옷들을 응시하던 시시는 입고 있던 옷을 찬찬히 벗기 시작했다.

잠자리에 들기 위해 잠옷으로 갈아입으려는 것인가 싶었다.

아니나 다를까, 뽀얀 속살을 드러낸 시시는 얇고 부드러운 한 벌짜리 잠옷을 꺼내 스물한 살 처녀의 매끈한 몸매를 가렸다.

그런데, 그것이 전부가 아니었다.

옷장 문을 닫으려던 그녀가 또 잠시 움직임을 멈추고 망설이는 듯하더니 갑자기 갈아입은 잠옷의 치마를 들치고 입고 있던 속옷을 벗어 내렸다.

벗은 속옷을 옷장 속에 아무렇게나 던져 버린 시시는 행낭을 풀어헤쳐 다른 속옷을 꺼내 들었다.

새빨간 장밋빛.

손바닥만 한 크기의 그것을 시시는 조심스레 치마 밑으로 끼어 입고 태가 어떤지 요리조리 엉덩이를 돌아보며 확인까지 했다.

무엇을 하려는 것인지. 자신의 상태(?)를 두 번 세 번 거듭해서 확인한 시시는 주저 없이 밖으로 향했다.

* * *

술잔을 씹듯이 입에 문 외수의 눈초리는 어제와 조금도 다르지 않았다.

맛 들린 먹잇감.

오늘은 몇 잔에 이 기막힌 먹잇감이 스스로 무장해제를 하고 픽 고꾸라질지 예상하며 지켜보는 재미가 심장이 쫄깃할 만큼 짜릿했다.

'흐흐흐, 히히히……'

천하인이 최고라 인정하는 미모. 조비연과 비교해도 절대 꿀리지 않는 몸매. 외수는 침과 함께 넘어가는 술이 그처럼 달콤할 수 없었다.

반면 외수가 따라준 술을 두 손으로 얌전히 받쳐 들고 홀짝이는 편가연.

그녀도 외수의 눈길을 모르지 않았다. 어깨와 오금이 움츠려들 만큼 끈적끈적 음탕한 눈길.

하지만 편가연은 그것이 자신에 대한 관심이라 여겨졌고 오히려 기분이 더 좋았다.

차라리 지금 그가 야수의 이빨로 자신을 확 덮쳐 한입에 콱 물어버렸으면 더 행복할 것 같았다. 아예 숨이 막혀 비명도 지르지 못할 정도로.

"자, 한 잔 더 해!"

외수가 거침없이 술병을 들어 몰아갔다.

이제 한 잔만 더 들어가면 어제와 같이 훌륭하고 완벽한 먹잇감이 되어줄 것이란 계산에 외수는 후끈 달아올랐다.
그런데 그때.
똑똑.
누군가의 기척에 흠칫 놀라기까지 한 외수와 편가연. 누가 먼저랄 것도 없이 문을 쳐다보았다.
슬그머니 열리는 문.
"시시?"
안쪽으로 앉은 편가연이 휘둥그레졌다.
"안주거릴 만들어 왔어요. 아가씨!"
"안… 주……?"
편가연이 놀란 건 시시의 등장 때문이 아니라 그녀의 차림 때문이었다. 화려하거나 야하지는 않고 평소에 보면 그냥 귀여운 잠옷에 지나지 않았지만 무릎 아래 종아리와 발목이 다 드러난 옷인 탓이다.
"어제처럼 취하시면 안 되잖아요. 안주도 곁들여서 드세요. 여기 술도 더 가져왔어요."
"으응, 그래. 고마워."
이런 분위기 이런 자리에 평소의 시시라면 하지 않을 행동. 조금은 당황스러운 편가연이었다.
"그럼 나가볼게요."
"……."
얌전히 물러나 다시 문으로 향하는 시시.

외수의 곁눈질이 슬그머니 그녀를 치맛자락을 쫓았다. 자연스레 돌아간 눈이었다. '피 끓는 시기'의 사내라면 어쩔 수 없는 반응이었다.

한데 그때 문득 시시가 걸음을 멈추고 반질반질 예쁜 얼굴로 돌아서 활짝 웃었다.

"공자님, 아가씨!"

"으-응?"

외수도 편가연도 다시 움찔했다.

"저도 딱 한 잔만 주시면 안 될까요? 잠이 오지 않아서 그러는데 딱 한 잔만 마시면 잠이 잘 올 것 같아서요."

잠을 자려고 한다는데 어찌 거절할까.

"그, 그래. 이리와."

대답이 떨어지기 무섭게 술자리로 달려오는 시시.

외수가 의자를 당겨 앉는 그녀를 쓸어보다가 갑자기 고통스런 기침을 해댔다.

"큽, 크헉! 켁켁!"

시시가 앉을 때 엉덩이에 비친 빨간 색깔을 본 것이다.

자기가 사 준 선물을 모를까. 편가연만큼 고급스런 잠옷은 아니지만 그래도 얇은 잠옷에 살이 밀착되면 그 선과 색이 비치는 건 어쩔 수 없는 것.

편가연이 기침하는 외수를 걱정했다.

"어머? 왜 그러세요, 공자님?"

외수가 서둘러 얼버무렸다.

"아, 미안! 큼! 갑자기 사래가 걸려서. 큽, 크흡!"

직접 술병을 드는 외수.

"자, 시시. 내가 한 잔 줄게."

"감사합니다, 공자님!"

두 손으로 모아 든 술잔에 술이 채워지자 가만히 입으로 가져가는 시시.

깨진 분위기. 편가연은 시시가 정말 한 잔만 마시고 나갈 것이라 생각했다. 그러는 게 당연했고 그녀이기에 전혀 의심하지 않았다.

한데 입술을 적시듯 살짝 한 모금만 마시고 내려놓은 시시가 술병을 들었다.

"독한 술이지만 맛있네요. 공자님, 아가씨! 이제 제가 한 잔씩 올릴게요."

"……?"

멀뚱하게 쳐다보는 편가연. 술잔을 들지 않을 수 없었다. 막 들이대는 술병을 어찌 거절하랴. 편가연도 외수도 잔을 비우고 술을 받았다.

쪼르르.

잔이 채워지고 두 사람이 입으로 가져갈 때 시시도 자기 술잔을 들었다. 하지만 또 입술만 적실 뿐 한입에 툭 털어 넣진 않았다.

…….
 어색하게 쪼개지는 분위기.
 졸지에 시시의 눈치를 보게 된 두 사람이다. 편가연은 얘가 왜 이러나 하는 표정이었고, 외수는 또 하나의 먹잇감… 이 되어 줄 것 같은 생각에 그녀마저 훔쳐보기에 바빴다.
 '히힛, 둘 다 쓰러지면……?'
 생각이 그쪽에 미치자 외수는 손이 근질거리고 마음이 급해졌다. 그래서 즉시 시시가 가져온 분위기마저 끌어안았다.
 "그래, 마시는 거지 뭐. 모처럼 한자리에 같이했는데, 시시 너도 그냥 같이 마셔!"
 "어머, 그래도 돼요?"
 "그래, 잠 안 온다며? 올 때까지 마셔! 넌 여기서 같이 자도 되잖아!"
 '크크큭, 호호호…….'
 음흉한 외수의 속웃음. 입가로 침만 흘리면 딱 야수의 흥분상태였다. 야수라는 게 본디 먹이를 잡아놓고 살살 핥다가 한입에 으드득 으드득 뜯어먹는 것.
 두 여자가 나란히(?) 쓰러진 상상을 하며 거듭 술잔을 채워주는 외수였다.
 쪼오옥, 쪼옥.
 아무렇지 않게 태연히 술을 받아 마시는 시시.
 편가연은 그녀에게서 눈을 뗄 수가 없었다. 아니, 떨어지지 않았다. 이렇게 주인의 시간을 방해하는 눈치 없는 아이가 아니었던 탓이다.
'왜 이러지, 이 아이가?'
이해할 수 없었다. 술이 필요하면 혼자 가져다 마셔도 될 것을. 거기다 잠옷 차림이라니.
아무리 생각해도 이해가 되지 않는 편가연.
외수와의 시간, 그의 시선이 그녀로 인해 흐트러지고 분산되었다는 것이 약간 화까지 돋으려 했다.
눈도 마주치지 않고 다소곳한 자세로 술잔만 기울이는 시시. 편가연의 시선을 의식했는지 살짝 돌아보곤 활짝 웃었다.
"아가씨, 독주라도 맛있어요. 걱정 마시고 더 드세요. 오늘은 제가 같이 자 드릴게요. 그래도 되죠? 오랜만에 아가씨랑 같이 자고 싶어요."
'잇?'
동그래진 눈의 편가연. 하지만 이내 잔뜩 일그러뜨리고 눈짓으로 말했다.
'아니, 시시가 왜 이러지? 제발 어서 나가줘!'
눈짓을 보면서 방실방실 웃기만 하는 시시. 그저 모른 척, 전혀 못 알아들은 척, 커다란 손톱 모양 눈웃음을 만들고 히죽 웃어 보이기만 했다.
속이 타는 편가연. 만만한 게 술이라고 목구멍에 타오르는 불길을 그보다 더한 독주로 맞불을 놓았다.

그러는 사이 외수의 눈길은 시시의 허리부터 엉덩이, 발목까지 찬찬히 쓸어내리고 있었다.
그때 슬그머니 고개를 돌린 시시가 외수의 핥아대는 눈길을 딱 붙잡았다.
"......?"
뜨끔, 흠칫한 외수. 시시의 눈초리가 잘 벼리어진 도끼날로 변하는 걸 똑똑히 보았다.
'도대체 그 음흉한 병 언제 고치실 건데요?'
도끼날의 의미를 모를까. 외수는 잽싸게 고개를 돌려 외면했다.
'내, 내가 뭘? 험험!'
술잔을 물고 천장과 벽만 훑는 외수.
'나도 내 맘대로 안 되는 시기인 걸 어쩌라고. 그렇게 신경 쓰이면 자기가 한 번 해결해 주든가. 쳇!'
찔끔찔끔 곁눈질을 하며 눈치를 보는 외수.
"호호호. 아가씨, 한 잔 더 하세요. 여기요."
다시 술을 권하는 시시. 외수는 두 사람을 곁눈질하며 시간만 재고 있었다.
'아, 젠장. 왜 안 취하지? 나란히 쓰러져 줄 때가 지났잖아!'

* * *

두 여자는 끈질겼다. 취하기는커녕 자세조차 흐트러지지 않았다.

늑대의 활동 시간이 되기만을 기다리고 있던 외수가 문득 물고 있던 술잔을 입에서 떼고 고개를 돌렸다.

객관을 향해 달려오는 말발굽 소리. 굉장히 맹렬하고 다급한 그 소리.

인상을 굳힌 외수가 자리에서 천천히 일어났다.

"왜… 그러세요?"

편가연이 물었으나 외수는 대답하지 않고 그대로 문으로 향했다.

두두두두두……

거칠게 달려오는 두 필의 말.

그 기세가 보통이 아니었기에 현관을 지키고 선 온조는 수하 위사들에게 눈짓을 하며 더욱 높은 경계 태세를 요구했다.

위사들을 위해 여기저기 피운 화톳불. 그 불빛 속으로 말을 탄 두 사람이 멈추는 걸 보고 온조는 황급히 마당으로 내려섰다.

"아니, 두 분은?"

생각지도 못한 이들, 바로 귀살문의 사람들이었다.

말이고 사람이고 잔뜩 먼지를 뒤집어쓴 채 몹시도 지치고 힘에 겨운 모습. 밤낮을 가리지 않고 먼 길을 오랫동안 달려왔단 걸 누구라도 알 수 있는 행색들인데 당장 쓰러져도 이상할 것 같지 않은 두 사람이었다.

"궁외수 공자는?"

"안에 계시오. 따라오시오!"

온조가 현관을 향해 지체 없이 돌아서자 실제 쓰러질 것처럼 휘청대는 곽영지와 교적산이 그 와중에도 자신들이 달려온 어둠 속을 다시 한 번 확인하곤 뒤를 쫓았다.

바삐 현관을 열고 들어서는 온조. 외수도 방을 나서고 있었다.

"궁외수……."

"곽영지!"

두 사람을 확인한 외수는 인상부터 썼다. 치료를 한 듯한 교적산의 옷 위로 핏물이 배어나오고 있었고, 곽영지는 한쪽 다리를 절고 있었다.

"어서 이쪽으로 앉아!"

외수는 즉시 거실 중앙의 자리로 이끌었다.

그 소란에 시시와 편가연뿐 아니라 송일비와 조비연이 튀어나오고 심지어 반야까지 슬그머니 문을 열어 고개를 내밀고 있었다.

"어떻게 된 거야? 왜 이래?"

"위지세가에서 엄청난 사실들을 알아냈어!"

외수는 '엄청난'이란 말에 머릿속을 사로잡는 직감이 있었다.
심각한 표정의 곽영지. 외수는 일단 호흡부터 고르려 애썼다.
"그런데, 같이 간 다른 두 사람은?"
"위지세가 잠복 중 발각되어 삼숙께서 나오지 못하셨어. 이숙께선 기다려 보겠다고 거기 남으셨고."
"……."
곽영지의 말을 비살 교적산이 침통한 얼굴로 이었다.
"나오지 못했다면… 삼 사형께선 유명을 달리했을 가능성이 크다. 포위가 이루어지는 상황이었고… 나를 대신해 위천신검 구풍백이란 놈과 마주했으니."
"으음……."
깊은 신음을 흘리지 않을 수 없는 외수.
외수뿐 아니라 편가연과 조비연, 송일비도 안타까움을 금치 못했다.
"미안하오."
신음 같은 외수의 말. 깊은 아픔이 서린 말이었다.
교적산이 어금니를 꽉 깨문 뒤 외수의 말을 받았다.
"그것은 뒷일이다. 우리의 사정일 뿐이고. 그것보다 네가 알아야 될 일이 우선이다."
"말하시오."

모두가 긴장한 분위기. 시간이 멈춘 듯 교적산의 입만 주시하는 상황. 교적산이 천천히 입을 열었다.

"네 예상이 맞았다. 그들 위지세가가 극월세가를 노리는 음모의 한 축이었고, 그들과 각기 흑, 백, 황, 적이라 지칭하는 네 개의 집단, 모두 다섯 개의 거대 세력이 연합하고 있음을 확인했다. 또한 사하공의 원앙벽력검도 그 아들 내외를 죽이고 강탈한 것이란 정황도 내 귀로 똑똑히 들었다!"

"······?"

분위기가 곧바로 뒤집어졌다.

편가연과 시시의 얼굴이 백지장이 된 것은 물론 송일비와 조비연도 믿지 못하겠단 얼굴이었고, 다만 궁외수만이 심각한 얼굴을 유지한 채 흔들리지 않았다.

"도대체 그들이 왜? 그, 그게 정말 사실인가요?"

충격에서 헤어나지 못하는 편가연.

"그렇소, 편 가주! 객잔의 궁외수와 사하공을 습격했던 것도 그들이었고 뿐만 아니라 그들이 황수라 지칭하는 또 다른 가문이 가담하고 있단 사실도 들었소. 그런데 그들 대화의 맥으로 보아 그 황수라는 세력이 위지세가와 마찬가지로 자금 지원을 맡았던 것 같은 느낌이었소. 그렇다면 그 황수라는 세력도 십대부호들 중 하나가 아닐까 판단하오."

엄청난 정보. 엄청난 충격.

편가연으로선 얼마 전까지만 해도 서로 얼굴을 맞대고 있었던, 지금까지 교류를 하고 같이 사업까지 진행해 왔던 사람들이 아버지를 죽이고 자신마저 노리는 흉수들이란 사실에 새삼 인간 세상의 무서움을 느끼고 온몸을 바들바들 떨었다.

어찌 그럴 수가…….

배신감을 못 이긴 편가연이 실색을 한 채 눈물을 뚝뚝 떨어뜨리자 같이 울고 있던 시시가 두 주먹을 움켜쥐고 악을 써댔다.

"도대체 왜 그랬대요, 왜? 그들이 우리 극월세가에 무슨 원한이 맺혔다고. 흑흑!"

울분을 통제하지 못하는 시시. 그녀가 던진 물음에 대한 답은 굳이 설명할 필요도 없는 일이었다.

비로소 외수가 고개를 들었다.

"황수라고 하는 그 가문이 어딘지 대충 감도 잡을 수 없소?"

"거기까지밖에 대화가 이어지지 않았다. 하지만 그들 못지않게 자금과 인원을 투입했단 걸 보면 분명 십대부호 가문 중 하나일 것이다. 또한 그들 수준에서 연대를 하려면 최소한 자기들만큼의 힘은 가진 세력이라야 할 테니."

"……."

"그리고 명확치는 않지만 그 둘 외에 흑, 백, 적수라고 하는 세 세력 중에도 그들 부호 가문이 끼어 있을 가능성을 염두에 두어야 한다. 그들이 극월세가를 뒤엎을 계획을 세웠다는 건 극월세가의 사업 영역을 노렸다는 것이고, 극월세가의 어마어마한 사업 규모를 생각하면 한두 가문의 능력으론 결코 다 수용하지 못한다. 십대부호 중에서도 오대상회 정도의 가문. 즉, 충분히 뜯어먹을 능력을 갖춘 이들이 동참했을 것이라 뜻이다."

예리한 분석. 하지만 충격적인 내용. 편가연의 눈에서 쏟아지는 눈물은 더 많아졌다.

울분에 겨워 두 주먹을 꼭 움켜쥔 채 떨고 있는 그녀. 도무지 이 현실 이 충격이 감당이 안 되는 탓이다.

돌아본 외수가 그녀의 손목을 움켜잡아 주었다.

"흐흑, 흑, 공자님!"

"진정해. 견디기 힘들면 방에 들어가 있는 게 좋겠어."

"아니에요. 견디기 힘들어도 있을 거예요. 그들이 무슨 짓을 했는지 어떤 자들인지 똑똑히 기억해야 하니까요!"

"……."

침통한 외수.

그런데 외수의 감각에 또 다른 기운이 잡혀 천천히 고개를 돌렸다.

구석 방 문틈에 선 반야. 놀라 상기된 표정의 그녀가 충격에 멍해진 시선을 바로잡지 못하고 있었다.

그리고 보니 오대상회에 속하는 보성염가 염설희 가주가 그녀의 할머니이자 낭왕 염치우의 누이가 아니었던가.

"시시……."

신음을 삼킨 외수는 즉시 시시에게 그녀를 가리켰다. 데리고 들어가란 의미.

시시가 즉시 반야에게로 움직였다.

그때 교적산이 편가연이 해야 할 질문을 외수에게 던졌다.

"자, 이제 어떻게 할 것이냐?"

모두의 눈이 외수에게 집중됐고 편가연도 고개를 들었다.

"응징해야지요. 여기 일정을 마치고 돌아가는 대로!"

주저 없이 대답하는 궁외수. 하지만 달리 생각하면 당연히 나올 대답에 지나지 않는 말이기도 했다.

악에 받친 편가연이 거세게 소리쳤다.

"그래요! 당장 세상에 알려 바로 단죄해요. 철저히 부숴 버려요!"

"그건 안 돼!"

침착하게 고개를 가로젓는 외수.

"왜요? 어째서요?"

따지듯 다그치는 편가연.

"증거가 우리 손에 없어. 증거 제시 없이 무작정 몰아쳤다간 되레 역공을 당할 수 있어. 나머지 세력들이 누군지 어딘지도 모르고."

"그럼 어떡해요. 이대로 알면서도 그들을 그냥 내버려 두자고요?"

"아니! 그럴 리가. 나에게 나머지 패거리들까지 한꺼번에 밝혀낼 묘안이 있어!"

눈물로 젖은 편가연의 눈망울이 커졌다.

"어떤……?"

"무림맹! 거길 가야겠어! 위지세가가 대상 가문이기 전에 무림세가라고 했잖아. 물론 놈들이 흉수이고 다른 흉수들이 동조 연합하고 있단 소문도 어느 정도 흘릴 거야. 놈들을 옥죌 모든 수단을 가동하고 그 뒤 내가 결국 스스로 증거를 토설하게 만들 거야."

"……?"

송일비도 조비연도 그리고 곽영지와 교적산도 어떻게 스스로 토설하게 만들겠단 건지 감이 잡히지 않아 멍하니 쳐다보기만 했다.

이어지는 외수의 말.

"그리고 그들의 죄상이 하나하나 까발려지는 순간, 내가 그들을 모조리 쓸어버릴 거야. 하나도 남김없이! 바로 이 검으로!"

검집째 검을 쳐드는 외수.

우두둑!

움켜쥔 외수의 손아귀 뼈마디 뒤틀리는 소리가 섬뜩했다.

"사하공 영감의 피맺힌 원한까지 담아서!"

다 쓸어버리겠어! 127

*　　　*　　　*

이미 자정을 넘긴 시간.

불도 켜지 않은 방에 골똘히 대응 방안에 대해 생각 중이던 외수가 문득 일어나 반야의 방으로 향했다. 그녀가 어떡하고 있을지 눈에 선했기 때문이다.

똑똑.

문을 두드렸지만 대답이 없는 방.

외수는 가만히 문을 열었다.

역시 불빛 없이 희끄무레한 달빛만이 비쳐드는 방 안. 반야는 그 속에 고개를 떨어뜨린 채 하염없이 앉아 있었다.

계속 그러고 있었을 것.

그녀라면 문을 두드리기도 전 외수의 기운을 벌써 느꼈을 테지만 애써 외면하고 있었다.

"반야……."

다가선 외수의 목소리에 외려 숙여진 고개를 더 옆으로 가져가는 그녀.

벌게진 얼굴. 가지런히 모은 손등 위로 똑똑 떨어지는 눈물.

흐느낌이 느껴졌다. 가녀린 그녀의 어깨가 희미한 어둠 속에서 떨고 있었다.

외수는 아무 말도 할 수 없었다. 교적산의 예상일 뿐이지만 정말 보성염가가, 그녀의 고모할머니인 염설희 가주가 이 일에 개입되어 있다면 어떡할 것인가.

외수는 자신을 향해 매서운 눈빛을 흘리던 그녀의 얼굴이 떠올랐다. 무척 못마땅해하는 인상이었던 기억.

이대로 말없이 반야를 두고 볼 순 없었다.

외수는 침대에 걸터앉아 자신을 외면한 반야 앞에 말없이 한쪽 무릎을 꿇고 앉아 그녀의 손을 쥐었다.

"반야……."

그제야 다시 고개를 돌리는 반야. 눈물이 그렁그렁한 눈이었다.

"아닐 거예요, 아닐 거예요, 할머니는. 흐흑."

애원하듯 절규하듯, 제발 아니기를 바라는 간절함. 외수는 거기에 화답했다.

"그래, 아닐 거야. 걱정 마. 울지도 말고."

"흑흑, 흐흑흑. 공자님!"

무너지듯 스르륵 외수의 목을 끌어안고 안기는 반야.

외수는 그녀를 받아 안고 등을 토닥였다.

"울지 마. 아니라니까. 위지세가만 확인했을 뿐 그저 짐작이잖아. 전혀 엉뚱한 세력일 수 있어."

"흑흑, 할머니께 가봐야겠어요. 제가 가서 확인해야겠어요."

"……."

어찌 그녀의 마음을 헤아리지 못할까. 외수는 반야를 안은 채 고개를 끄덕였다.

"그래, 같이 가자. 그게 속 편할 테니까. 행사 끝나면 제일 먼저 달려가서 확인하자."

"흑흑흑, 흑흑……."

울음을 그치지 못하는 반야.

외수는 그녀의 기운이 많이 쇠약해졌다는 걸 감지했다. 방에만 처박아두고 이런저런 일로 오랫동안 신경을 못 쓴 탓이다.

외수는 그냥 둘 수 없어 반야의 두 다리 밑으로 손을 넣어 그녀를 안고 일어났다.

시시나 반야나 외수에겐 너무나 가벼운 솜뭉치들.

외수는 자신이 침대에 걸터앉아 반야를 무릎 위에 앉히고 진기 전이를 위해 손목을 잡았다.

"기력을 보충해 줄게. 이제 그만 자."

낭왕이 있었다면 매일 밤마다 해주었을 진기 보충. 그러나 반야는 품에 얼굴을 파묻은 채 울기만 했다.

잠이 든 품속의 반야를 내려다보는 외수. 따스한 기운이 몸속으로 퍼지자 울다 지쳐 끝내 잠이 든 그녀였다.

아직도 촉촉이 눈가를 적시고 있는 눈물.

처음 만났을 때도 이랬다. 여린 마음만큼이나 허약한 아이. 어딘지 아파 보이고 외로워 보였던 아이.

    외수는 뱀을 호랑이 심줄이라 속이고 먹였던 그날처럼 그때는 해주고 싶어도 해줄 수 없었던 진기 보충을 양껏 해주며 밤이 새도록 그녀를 안고 있었다.

    포근히.

第五章
파탄

개를 따라다니면 똥밭에 가고 범을 따라다니면 숲을 얻게 된다지. 그런데 난 그 새끼 따라다녀서 얻은 게 골병뿐이야.

—천하제일 도둑 귀수비면 송일비

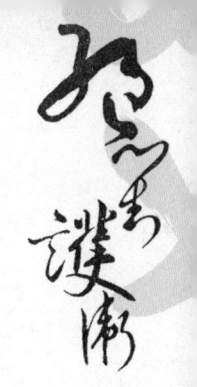

행사 이틀째 날도 이른 아침부터 만안객잔은 분주했다.
현령 고명환이 질서와 안전을 위해 관원들을 이끌고 도착해 있었고 무성지부 월가인들도 어제와 같이 구호품을 실은 수레들을 가져다놓고 출발 준비를 끝내고 있었다.
하지만 객관을 나설 준비를 하는 편가연의 마음은 편할 수가 없었다.
"시시, 공자님께선?"
자신이 거실에 나왔음에도 외수가 보이지 않자 두리번거리는 그녀.
그때 반야의 방에서 외수가 나왔다.

"……?"

"반야는 그냥 객관에 있겠다는군. 몸이 좋지 않다고."

편가연은 특별한 반응을 하지 않았다. 솔직히 자기도 대하기가 다소 껄끄러워진 면이 있었기 때문이다.

시시 역시 무거운 마음으로 걱정했다.

"그럼, 어떡하죠? 혼자 계셔야 되는데……."

"객관 일하는 이들에게 얘기를 해두었으니 괜찮아. 혼자 있게 둬."

그래도 마음이 쓰이는지 시시는 반야의 방을 거듭 힐끔거렸다.

"이봐, 표정이 너무 무겁군. 가능하면 오늘 일만 생각해!"

편가연의 일그러진 얼굴을 보고 한 말이었다.

"네, 그러도록 노력해 보겠어요."

대답은 했으나 편가연은 그러지 못했다.

마차에 올라 외수와 비연, 송일비의 호위를 받으며 행사지로 향하는 내내 편가연은 어두운 기색이었다. 아무리 해도 머릿속 번민이 떨쳐지지 않는 탓이다.

그런데 문제는 그것이 외수를 폭발하게 만드는 계기가 되었다는 것이다.

"오늘은 지부장께서 행사 진행을 하시오."

행사지 상촌에 도착해서도 표정을 풀지 못하는 편가연 때문에 외수가 엄왕수에게 한 말이었다.
 외수는 그에게 모든 진행을 맡기고 편가연을 그녀를 위해 준비된 좌석에 앉아 있게 했다.
 오히려 안전을 위해선 잘된 듯했다. 눈, 비, 바람을 피하기 위해 천막이 위와 옆으로 쳐져 있었고 그 뒤로는 온조를 비롯한 위사들이 겹겹이 둘러 호위할 수 있었다.
 어제만큼은 아니지만 그래도 여전히 많은 인파가 모였다.
 추운 계절이라 곳곳에 화톳불을 피우고 천막을 세우고. 어제와 달리 진료소가 설치되어 오히려 더 붐비는 것 같이 보이기도 했다.
 "아가씨, 기운 차리셔요."
 따뜻한 차를 가져온 시시가 편가연 옆 작은 팔걸이탁자 위에 놓아주며 걱정스러워했다.
 여전히 침통한 표정의 편가연. 위지세가와 홍수들에 대한 생각에 눌려 바닥으로 떨어진 시선이 좀처럼 들리지 않았다.
 그런데 그때 그녀의 시선을 끄는 것이 등장했다.
 "어이구, 이제 다 왔다. 조금만 참으렴."
 작고 낡은 손수레를 소년과 함께 밀고 오는 노파. 비쩍 마른 중년의 사내가 작은 수레에 눕지도 못하고 아무렇게나 걸쳐지듯 앉아 축 널브러진 모습으로 실려 오고 있었다.
 앙상하게 마른 데다 병색이 완연한 모습. 기력이라곤 없어 눈조차 뜨지 못하는 초췌하고 처량한 모습이었다.

파탄 137

즉시 지부의 사내들이 도왔다.

"할멈, 이리 주시오. 우리가 저리 데려가리다."

장성 두 명이 수레를 받아 의원들이 진료와 처방 등 의료행사를 하는 곳으로 이끌었다.

"아이고, 고맙소. 고맙구려."

구부러진 허리가 아픈 듯 연신 등을 두드리면서도 인사를 거듭하는 노파.

그녀가 손자와 같이 장성들을 뒤따라갔을 때 그의 병든 아들은 진료용으로 가져다놓은 낮은 나무침대 위에 뉘어지고 있었다.

편가연이 일어났다.

눈치를 읽은 외수가 놓아두지 않고 슬그머니 그녀의 팔을 잡았다.

돌아보는 편가연.

"괜찮아요. 어제 그 할멈과 아이이니 살펴보고 싶어요."

힘없는 목소리. 풀이 죽은 모습. 외수는 놓지 않을 수 없었다.

두 사람이 천막 밖으로 나서자 다시 탄성이 쏟아졌다.

편가연의 자태, 그리고 그녀를 지키는 궁외수. 장포를 두르고 검을 찬 궁외수의 모습은 지금까지 그가 만든 영웅담과 함께 모두를 열광케 하기에 충분했다.

"할머니, 잘 오셨습니다."

"아이쿠, 아가씨. 가까이 오지 마십시오. 저희같이 천한 것들에게서 병이라도 옮을까 걱정스럽습니다."

편가연의 인사에 두 손까지 내젓는 노파.

그렇지만 편가연은 흐릿한 미소만 지어 보이곤 소년과 침상에 뉘어진 그의 아비 앞으로 스스럼없이 다가갔다.

"안녕하세요."

"그래. 약속대로 아버질 모시고 왔구나. 이제 걱정 안 해도 된다. 아버진 꼭 낫게 되실 거야."

무거운 마음 중에도 소년을 위로하는 편가연. 그녀는 소년과 같이 거적때기나 다름없는 남루한 홑옷을 걸친 중년 사내의 병색을 살펴보는 의원에게 물었다.

"어떤가요?"

그런데 그때, 편가연이 고개를 돌린 순간이었다.

편가연의 왼편에서 움직인 외수도, 그녀의 뒤에서 움직이고 있던 조비연과 송일비도 전혀 예측할 수 없었던 무서운 일.

당장 죽어도 이상할 게 없을 것 같은 병자의 모습으로 누워 있던 소년의 아비가 튕겨지듯 벌떡 상체를 일으켜 편가연의 목과 심장을 향해 손을 뻗은 것이다.

마치 죽은 송장이 벌떡 일어나 덮친 것 같은 충격.

분명 빈손이었던 그의 양손엔 쇠꼬챙이 같은 작고 뾰족한 소도(小刀)와 독침이 장착된 암기까지 쥐어져 있었다. 더욱

파탄 139

놀라운 점은 그것을 양쪽 팔뚝의 안쪽 살갗을 뜯어 꺼냈다는 것이다.

누가 상상할 수 있었으랴. 지척간의 완벽한 암습이었고 기력이라곤 전혀 없어 보이던 병자가 일어날 줄…….

퓨풋!

발사되는 암기.

송일비나 조비연이 놀랄 틈도 없었고 심지어 편가연이 의식조차 못하는 그 끝장의 순간에 외수의 거대한 손이 사내의 시야를 덮었다.

그냥 손이 아니었다. 강력한 경력 때문에 몇 배로 거대하게 보이는 손. 무당제일검 무양 진인의 면장(綿掌)을 따라 한 장공이었다.

퍼억!

편가연이 피할 수 없듯이 사내도 외수의 면장을 피할 수 없었다. 편가연을 향해 앞으로 쏠린 육신에서 머리통만이 터져 날아갔다.

그리고 목 없이 뒤로 넘어가 널브러지는 몸뚱이.

털썩.

놀라 충격에 흔들리는 외수의 눈이 쓰러진 사내의 왼손 암기에 꽂힌 채 요동쳤다.

"편 가주?"

송일비의 음성. 두려움에 사로잡힌 외수가 천천히 돌아보앉을 때 편가연 그녀도 흔들리고 있었다.

 자신의 오른쪽 어깨를 내려다보는 편가연. 수전(手箭) 암기에서 쏘아진 바늘같이 얇고 가느다란 비침이 바르르 꼬리를 떨며 박혀 있었다.

 독이 발려져 있을 건 뻔한 것.

 튀어나올 듯 부릅떠진 눈. 굳어버린 듯 꽉 다물고 떨어지지 않는 입. 이 순간 궁외수의 표정은 그랬다.

 그때 또 다른 파공성이 터졌다. 단순한 파공성이 아니라 연쇄적인 파공성이었다.

 퓨퓨퓨퓨풋풋풋!

 모조리 편가연을 향한 소음들.

 "피, 피해!"

 또다시 비침이 편가연을 덮쳐가는 그 순간에 송일비가 편가연을 낚아채듯 안고 뒹굴었다.

 하지만 그게 전부가 아니었다. 수많은 비침이 방향을 가리지 않고 마구 쏟아졌고, 달려드는 조비연은 물론 주위를 둘러싸고 있던 위사들까지 포괄해 난사되고 있었다.

 피하기엔 너무나 많은 비침들.

 "시시 소저?"

 편가연을 안고 뒹군 송일비가 고개를 들었다. 난사되는 비침들이 시시를 향하고 있었기 때문이다.

 "시시 낭자!!"

파탄 141

편가연을 내버려 두고 다시 일어나 시시를 향해 신형을 날려가는 송일비. 그의 민첩한 시야와 쾌속한 신법이 있기에 가능한 움직임이었다.

그러나 아무리 빨라도 시간을 앞설 수는 없는 법. 빗발처럼 날아드는 비침들을 피하기엔 턱없이 부족한 시간이었다.

"안 돼!"

시시를 보호하려 혼신을 다해 덮쳐 가는 송일비의 괴성. 기어이 그는 비침보다 먼저 시시를 끌어안았다.

하지만.

파파파파팟팟!

장포를 뚫고 등판으로 박혀드는 비침들.

"……!"

자신의 몸에 박혀든 비침을 모를까.

그럼에도 송일비는 시시를 안고 놓지 않았다.

"젠장!"

너무도 갑작스럽게 일어난 상황에 혼이 달아나 버린 시시를 안고 한탄하듯 욕지기를 씹어 뱉는 송일비. 지금 그의 머릿속을 헤집는 생각은 단 하나뿐이었다. 죽음!

'젠장, 그 개 같은 예감이 이거였던… 것이로군.'

등판을 파고든 독침.

한두 개라면 모를까 셀 수도 없을 만큼 당하고 어찌 살 희망을 가지랴. 벌써 진기의 흐름이 끊기고 호흡에 곤란함이 느꺼졌다.

"시시 낭자······."

지금 시야 가득 보이는 흠모하는 여인의 얼굴. 곧 그 얼굴도 보이지 않게 될 것이란 걸 송일비는 온몸으로 느끼고 있었다.

"소, 송 공자님?"

거듭되는 충격에 달아난 혼을 찾지 못하는 시시.

송일비는 웃었다. 그녀가 자신을 부르고 있다는 것. 그녀의 목소리가 아직도 들리고 있다는 것에 만족했다.

"흐흐흐, 움직이지 마시오. 내가 지켜준다고 하지 않았소."

"아아, 안 돼요. 송 공자님?"

왈칵 솟구쳐 그렁그렁한 시시의 눈물.

그녀라고 모를까. 송일비의 상태를. 벌써 안색부터 변하고 있는 그였다.

그래도 끝까지 웃는 모습을 잃지 않는 송일비.

"흐훗. 다리에 힘이 풀리고 있소. 내가 쓰러지지 않게 꼭 붙드시오. 그래야 안전하오. 시시······."

울부짖는 시시,

"안 돼요, 송 공자님? 이러면 안 돼요! 제발! 이러지 마세요!"

줄줄 흐르는 눈물. 결국 시시는 힘없이 떨어지는 눈꺼풀과 함께 쓰러지는 송일비를 안고 같이 주저앉았다.

"송 공자님, 제발! 이러지 마세요! 일어나요, 제발! 엉엉엉!"

울음이 터져 버린 시시.

암기 장치로 무수한 비침을 쏜 것은 노파였다. 그녀가 밀고 왔던 작고 낡은 수레가 암기였고, 병자 시늉을 한 살수가 편가연을 덮치던 그 순간에 그녀도 수레로 달려들어 편가연을 비롯한 둘러선 위사들을 향해 마구 독침을 쏘아대기 시작한 것이었다.

"캬하하하, 드디어 끝장났구나! 캬카카칵, 켈켈켈켈!"

노파의 섬뜩하고 기괴한 웃음.

그녀는 득의를 만끽하면서도 수레 손잡이의 발사 장치를 여전히 놓지 않았다.

외수는 그 순간까지도 정신을 차리지 못했다. 편가연이 암습에 당한 그 순간부터 굳은 듯 충격에 빠져 버린 그는 송일비의 등에 비침들이 꽂히는 것을 보고서도 아무것도 못 하고 있었다.

그런 그의 정신을 깨운 건 한 자루 짧은 칼이었다.

푹!

허벅지를 파고든 칼날. 길이가 반 뼘도 안 되는 단도(短刀)였다.

"……?"

외수는 고개를 떨어뜨려 칼을 쑤셔 박은 자를 내려다보

았다.

 노파의 손자라는 열 살 남짓한 소년. 하지만 칼을 찔러놓고 슬금슬금 물러나며 흘리는 비릿한 웃음은 결코 열 살 소년의 웃음이 아니었다.

 두둑. 두두둑.

 말로만 듣던 축골공(縮骨功). 소년의 좌우 골격이 늘어나고 키가 커졌다.

 더 이상 소년은 없었다. 체구는 작았으나 오히려 노년에 가까운 중년인.

 외수는 그가 박아놓고 간 허벅지의 칼을 보았다. 극독이 발라져 있단 건 의심의 여지가 없는 것. 그제야 외수의 손이 자신의 검으로 향했다.

 그러자 지금까지 소년 흉내를 냈던 살수가 비웃었다.

 "늦었다, 이놈! 헛심 빼지 마라! 내 독비(毒匕)를 당한 이상 끝난 목숨이다. 낄낄, 낄낄낄! 물론 편가연과 극월세가도. 낄낄낄낄, 크크크큭!"

 득의양양. 맞서 싸울 이유가 없단 듯 더욱 빠르게 뒷걸음질을 치는 살수.

 그 순간!

 슈아악—

 외수의 무극검이 뽑혀 나오는 것과 동시에 섬광을 뿌렸다. 세 줄기, 그리고 또 세 줄기.

모두 여섯 줄기의 검린(劍鱗)이 약을 올리듯 웃으며 꽁무니를 빼는 살수와 수레로 비침을 난사해 대고 있는 노파를 덮쳐 갔다.

스컥! 스커컥!

콰콰쾅!

무지막지한 속도의 쾌검(快劍). 마치 번갯불이 번쩍 쓸고 지난 것 같았다.

마음껏 비웃음을 흘리며 뒷걸음질을 치던 살수는 그 번갯불을 피하지 못했다.

어쩌면 자신의 머리통이 썰리고 육신이 세 갈래로 쪼개지는 것조차 느끼지도 못했을 것 같았다.

머리통의 반쪽이 썰려 뇌수와 핏물을 뿜으며 떨어져 나가는데도 여전히 비웃음을 머금고 있었던 것을 보면 틀림없었다.

하지만 비침을 쏘아대고 있던 노파는 훌쩍 달아났다. 애초에 외수의 검린이 그녀를 노린 게 아니고 비침을 뿌리는 암기, 수레를 목표로 날아갔던 탓이다.

박살 난 수레. 더 이상 비침이 쏘아지지 않자 위사들이 편 가연을 보호하기 위해 달려들었다.

또한 무성현령 고명환도 허옇게 백지장이 된 얼굴로 관원들에게 고래고래 고함을 질렀다.

"편 가주를 보호해라! 저 늙은일 잡아! 어서!"

장내는 순식간에 아수라장이었다. 위사들과 관부 사람들은 물론 빈민들과 구경꾼, 진료소의 의원들과 극월세가 지부 사람들 모두가 이 충격적이고 끔찍한 일에 혼비백산 우왕좌왕 혼란스러웠다.

"편 가주! 의원! 의원!"

조비연이 편가연을 부축해 안고 의원들을 재촉했다. 침착하고 냉정한 그녀지만 이 순간만큼은 그녀 역시 정신이 없었다.

편가연뿐 아니라 시시의 품에 안겨 쓰러진 송일비, 그리고 궁외수까지. 정말 모든 것이 끝장인가 싶었다.

살수들이 암기에 극독을 사용하는 건 자명한 일. 눈앞이 캄캄하기만 했다.

"구… 궁외수… 괜찮… 아?"

외수는 대답하지 않았다. 아니, 여전히 충격과 혼란에 사로잡혀 있어 하지 못하는 것이었다. 휘두른 뒤 바들바들 떨고 있는 그의 검만 봐도 그의 상태를 알 수 있었다.

부릅떠진 눈.

"이봐, 궁외수!"

조비연이 재차 불렀을 때에야 그의 고개가 슬며시 돌아갔다.

핏빛이 올라오는 안광(眼光).

조비연은 그 섬뜩함 때문에 흠칫했다.

사람의 눈 같지 않았다. 표정 역시 사람의 표정 같지 않았다. 마치 죽은 사람의 표정 없는 얼굴 같은 느낌. 핏빛으로 물들어가는 눈조차 오히려 텅 비어버린 공허함이 느껴졌다.
"가주?"
"아가씨?"
온조와 지부장 엄왕수가 조비연이 안고 있는 편가연에게로 달려들었다.
겁에 질린 편가연의 눈. 작은 비침일 뿐이지만 그녀 자신도 그게 극독이 발라진 암기라는 것을 인지하고 있었다.
"온 호위님… 엄 지부장님……."
현실을 받아들이고 싶지 않은 편가연의 모습은 처절함이 느껴질 정도였다.
"아가씨, 괜찮습니다. 잠깐만 기다리십시오. 의원, 의원! 뭐해? 빨리 오시오!"
엄왕수의 고함에 혼비백산 흩어졌던 의원들이 달려와 붙어 앉을 때 굳은 듯 꼼짝 않던 외수가 비로소 움직임을 보였다.
푹.
허벅지에 박힌 칼을 뽑아내는 궁외수.
그리고 조비연과 편가연에게로 움직이려다 휘청했다.
"……?"
멈춰선 외수가 칼에 찔렸던 다리를 확인하듯 내려다보곤

갑자기 허벅지를 꽉 움켜쥐었다.
그리고….
부욱!
누구라도 경악할 장면이었다. 외수는 한순간의 주저함도 없이 칼이 박혔던 허벅지 살을 뜯어버렸다.
자신의 살을 자신의 손으로 뜯어버리는 끔찍함이라니.
거기에 뿜어지는 핏줄기. 내력으로 역류시켜 몰아내는 핏줄기였다.
독성으로 인해 시커멓게 변한 핏물로 홍건히 바닥을 적셔놓은 외수가 다시 조비연과 편가연에게로 움직였다.
"외수…?"
"……."
비연이 올려다보았으나 외수의 눈은 편가연에게 박혀 움직일 줄 몰랐다.
아까완 달랐다. 죽은 사람의 표정이 아니라 응축된 살기가 폭발 직전의 화염처럼 이글대고 있었다.
"비켜……."
"응? 뭐라고?"
뇌까리듯 너무 낮게 깔린 목소리라 비연이 알아듣지 못했다.
외수는 다시 뇌까리지 않고 편가연에게 붙어 있는 의원 한 사람을 우악스런 힘으로 밀쳐 냈다.

쓰러진 편가연.

"궁 공자님……."

부축을 받아 뉘어진 그녀가 간절함을 더하며 올려다보았다. 죽음에 대한 두려움에 흔들리는 눈망울.

외수는 의원들이 분주히 손을 놀리고 있는 그녀의 어깨로 눈을 옮겼다.

퍼지는 독을 붙잡기 위해 안간힘을 쓰는 의원들. 하지만 어찌할 바를 모르는 그들의 표정이 어렵다는 것을 읽을 수 있었다.

"비켜!"

외수는 다시 의원 한 사람을 뿌리치듯 밀어냈다. 그리곤 자신이 그 자리에 앉아 대뜸 편가연의 어깨를 잡아갔다.

"공자님……."

편가연의 애절한 눈망울과 음성. 하지만 무섭도록 편가연의 어깨를 응시하는 외수의 시선은 조금도 옮겨지지 않았다.

"고개 돌려!"

"네?"

편가연이 반문하는 그 순간, 외수의 오른손이 쳐들렸다. 자신의 허벅지에서 뽑아든 살수의 칼을 쥔 손.

그리곤 편가연이 고개를 돌리길 기다리지 않고 바로 내리찍었다.

"아악?"

푹!

한 번이 아니었다.

푹! 푹! 푹!

조비연도 편가연도 그리고 의원들도 경악했다. 독침이 꽂혔던 어깨 주위를 또 독이 발린 칼로 사정없이 찍어대는 궁외수.

아픔은 둘째 치고 그 의도를 알 수 없는 무서운 행위에 편가연이 울부짖었다.

하지만 외수는 아랑곳 않고 자신이 더 키워 버린 상처 부위 양쪽을 두 손으로 움켜잡아 갔다.

파아아!

분수처럼 솟구치는 피.

외수의 머리 위, 얼굴, 가슴팍으로 역한 핏줄기가 뿜어졌지만 외수는 쥐어짜내듯 진력을 쏟아가는 걸 멈추지 않았다.

얼마나 많은 피가 역류해 뿜어졌는지 외수의 턱에서 핏물이 뚝뚝 떨어질 때쯤 무섭도록 집중했던 그의 손과 눈이 편가연의 어깨에서 떨어졌다.

"지혈하고 해독해!"

일어나 한 걸음 물러서는 궁외수. 질려 있던 의원들이 그제야 서둘러 그의 자리를 대신했다.

침을 꽂고 혈액응고제를 뿌리고.

조비연도 편가연도 물러난 외수에게서 눈을 떼지 못했다.

그의 의도는 무식했다.

이독제독(以毒制毒)과 비슷한 방법. 하지만 그 원리를 알고 저지른 짓은 아니었다. 그저 독이 퍼지는 흐름을 끊고 최대한 빠르고 많이 밖으로 밀어내 독성을 약화시키겠다는 일념이었을 뿐.

어쨌든 그의 의도는 다소나마 적중했고, 의원들도 그의 생각지 못한 대처에 내심 고개를 끄덕이고 있었다.

물론 그렇다고 해도 편가연의 독이 제거되었다거나 살 수 있단 것은 아니었다. 그대로 내버려 뒀다면 일 각도 못 넘겼을 목숨이 다소 시간을 벌었다는 것뿐.

핏물에다 핏빛 안광까지 터뜨리고 있는 외수가 고개를 돌렸다. 시시의 울음소리 때문이었다.

송일비……. 그가 당하는 것도 본 외수였다.

성큼성큼 다가간 그는 의식을 잃고 시시에게 안겨 있는 송일비를 주저 않고 번쩍 집어 들었다.

그리곤 오른손 장심을 가슴 한복판에다 가져다 붙이고 최근 자신이 집중해 매달리고 있는 장공을 운용했다.

기(氣)를 한 점에 모아 터뜨리는 것.

무당파 무양 진인의 면장공을 따라한 것이지만 장공이란

것이 포괄하는 여러 운용법에 대해 확실히 눈을 뜨고 있는 외수였다.

일차적 발경(發勁)과 타격만이 아니라 이차적 힘의 전달에도 이미 자신만의 심오한 깨달음을 얻었고 송일비와 비연 앞에서 바위에 장인을 찍고 내가중수법(內家重手法) 같은 수법으로 으스러뜨려 버린 적도 있지 않았던가.

이미 까맣게 변색되고 있는 송일비의 축 늘어진 얼굴.

외수는 일말의 주저함도 없이 장심에 기를 모아 터뜨렸다.

퍼억―

내가중수법을 거친 격공장(擊空掌)을 시전한 것이었지만 외수는 그런 것까진 몰랐다. 지금 단순히 자신이 할 수 있는 부분을 하고 있을 뿐이었다.

퍼억― 퍼억―

외수가 내력을 모아 장심에서 터뜨릴 때마다 송일비의 몸도 크게 들썩이며 등이 터져 나갔다.

박혀든 침이 빠져나가고 독에 물든 피도 터지는 살갗과 같이 튀어나갔다.

외수는 손의 위치를 바꿔가며 그 행위를 계속했고 송일비의 너덜거리는 등이 터져 나간 장포와 옷가지 속으로 훤히 드러날 정도가 되었을 즈음에야 비로소 멈추었다.

여전히 의식이 없는 송일비. 터지고 찢겨 발밑으로 피가 줄줄 흐르는 그를 잠시 보던 외수가 한순간 손을 놓았다.

파탄 153

시시 앞에 나동그라지는 송일비의 육신.

외수는 돌아서 온조에게 소리쳤다.

"즉시 영흥으로 돌아간다! 편 가주와 송일비를 의원들과 같이 마차에 태워!"

대답하고 말고 할 것도 없었다. 명을 받은 온조는 즉시 위사들을 다그쳐 마차부터 가져오게 했다.

살수들을 향해 돌아선 외수.

그는 이미 알고 있었다. 노파와 작은 체구의 살수 외에도 훨씬 많은 살수들이 이 자리에 있다는 것을.

구호 대상자들인 빈민을 포함해 이천여 명이 넘는 군중. 이리저리 혼비백산 뛰어다니는 그들 중 움직이지 않고 노려보는 자들을 알아보기란 결코 어렵지 않은 일.

스르릉!

외수는 다시 검을 뽑았다.

그때 노파가 웃었다.

"켈켈켈! 시체나 다름없는 것들을 마차에 태워서 뭣하게. 지척에서 우리의 독을 당한 이상 살아날 가능성은 없단다, 얘야. 그리고 네놈도 마찬가지! 살점을 뜯고 피를 뽑아내면 뭣하느냐. 그리하면 독성이 다 빠져나갈 것이라고 그런 것이냐? 캬카카칵, 캬하하! 재밌구나, 재밌어! 오히려 독이 더 빨리 퍼지는 것도 모르고 피를 뽑고 육신을 타격하다니. 네놈이 오히려 더욱 명을 재촉한 것이다. 멍청한 놈!"

여전히 기분 나쁘고 더러운 웃음.

노파의 말에 외수가 마차로 옮겨지는 편가연과 송일비를 힐끔 돌아보았다.

그때 노파가 다시 지껄였다.

"하긴 어차피 이래도 죽고 저래도 죽는다면 그리 발버둥쳐볼 수도 있는 거겠지. 캬하하핫, 이해한다. 낄낄낄, 낄낄!"

득의에 찬 노파는 아예 배를 쥐고 자지러지며 외수를 자극했다.

그때 더 큰 웃음이 군중들 속에서 터졌다.

"크하하핫! 드디어, 드디어 다 끝난 것인가!"

어느 틈에 복면으로 얼굴을 가린 자.

그만이 아니라 우왕좌왕하는 군중들 속에서 이미 적지 않은 자들이 복면을 뒤집어쓰고 있었고, 심지어 구호를 받으러 온 빈민 무리 속에서도 수십 명이 복면을 한 채 스멀스멀 일어나고 있었다.

그 전체의 수는 대충 보아도 백여 명이 훨씬 넘고 이미 사방을 둘러 포위한 형태.

부욱!

외수는 목이 답답하단 듯 두르고 있던 장포를 쥐어뜯어 팽개쳤다. 그러고도 모자라 자신의 앞가슴 옷자락들마저도 아무렇게 뜯어버렸다.

살기가 끓어 넘쳐흐르는 육신이었다. 그의 두 눈은 이미 혈광(血光)으로 번들거리고 있었고 호흡마저 들끓어 몹시 거칠어진 소리를 흘리고 있었다.

"다… 죽여 버린다."

너무도 깊게 침잠된 공포 속에서 맹수가 크르렁대는 것 같은 그의 분노가 뇌까려진 듯했다.

하지만 너무도 깊고 낮아 누구도 그 소리를 듣지 못했다.

그때 노파가 다시 비웃었다.

"그래, 갑갑할 테지. 독이 퍼져 목줄을 죄고 있으니, 켈켈켈. 발악을 해봐야 소용없다. 우리의 독은 저승사자라 해도 견뎌낼 수 없는 것이란다. 어떠냐. 전신이 뻣뻣해지는 느낌일 테지? 켈켈켈, 이제 너는 몸이 굳어 한 발짝도 움직일 수 없고 전신이 뒤틀리고 심장이 찢어지는 고통 속에서 숨이 멎게 될 것이다. 차라리 네 심장에 네 칼을 박고 자결을 하고 싶은 심정일걸. 캬하하하, 캬카카!"

자지러질 듯 통쾌하게 웃어젖히는 노파.

참으로 보기에도 흉물스럽고 소름 끼치는 늙은이였다. 빈민의 고통스럽고 처량한 얼굴을 하고 나타나 살귀의 본모습을 드러내고 마음껏 비웃어대는 끔찍한 늙은이.

그때 외수의 동공은 사라졌고 혈광만이 번쩍거렸다.

"크르륵, 크흐. 하찮은 살수 따위가… 감히 나에게 독을 썼단 말이지?"

씹어뱉듯 무섭게 울리는 지옥성(地獄聲). 외수의 목에서 울려서 나온 소리였지만 그의 음성 같지 않았다.

지친 맹수가 으르렁대며 헐떡거리는 것 같은 거친 숨소리. 그 속에서 외수가 핏빛 안광을 흘리며 땅을 박찼다.

휘익!

"단 한 놈도 살려두지 않는다!"

독수파파라 불리는 독곡의 대살수 정려(鄭麗). 나이 칠순 가까이 이르러 독살(毒殺)의 수법에 대해선 경지에 올랐다는 그녀.

독곡의 살수들 중 가장 유능한 자들 중 한 사람이라는 그녀는 자신을 덮쳐와 목을 틀어잡은 우악스런 손을 보며 도저히 받아들여지지 않는 현실에 눈을 부릅떴다.

"……?"

처음 땅을 박찼을 땐 제까짓 게 깝죽대 봤자 어디까지 뭘 어쩌겠냐 싶어 코웃음을 쳤다. 독을 당한 이상 움직임에 제한이 있을 테고 또 거리도 충분하단 생각에서였다.

하지만 그 생각이 미처 끝나기도 전 손이 코앞에 와 있었다.

마치 벼락이 휘감아 온 것 같은 느낌.

그처럼 빠를 수 없었다. 지금까지 보아온 운신 중 가장 빠른 운신이었고, 천하제일의 신법대가라는 무림삼성의 점창

일기 구대통이 펼치는 분광신법도 그처럼 빠를 것 같지 않았다.

"커헉!"

목을 틀어 잡힌 독수파파 정려는 그 무지막지한 힘에 손목을 잡고 매달릴 수밖에 없었다.

"끄으, 끄으으……."

"지금부터 내가!"

퍽!

궁외수의 고함과 함께 옆구리에 틀어박히는 주먹.

"끅, 끄윽!"

독수파파 정려는 눈알이 빠져나올 듯한 고통에 전신을 바동거렸지만 목줄이 움켜잡힌 탓에 비명조차 토해내지 못했다.

늑골이 몇 개나 으스러졌는지, 부러진 뼈가 장기를 찌르고 있다는 걸 올라오는 고통으로 충분히 알 수 있었다.

분노한 외수의 주먹은 멈추지 않았다.

"너희들이 행해온 행위에 대해서!"

퍽! 퍼퍽!

"그 대가가 어떤 것인지 보여줄 것이다!"

고통을 이기지 못하는 독수파파. 목을 틀어쥔 외수의 손목을 얼마나 움켜쥐었는지 그녀의 손톱이 손목을 파고들었지만 외수는 아랑곳하지 않았다.

퍼퍽! 퍽퍽퍽!

끔찍하고 무자비한 타격. 한 번 때릴 때마다 몸속을 뚫고 들어갔다 나오는 느낌이었고 신체를 지탱한 뼈란 뼈는 모조리 으스러졌다.

차라리 죽이라고 외치고 싶은 독수파파 정려의 심정이었다.

어차피 죽을 테지만 이 끔찍한 고통의 순간이 이어지는 걸 견딜 수가 없었다.

저항도 반항도 이미 할 수 없는 상태. 고통 탓에 의식마저 가물가물한 독수파파는 자신의 몸이 휘둘러지는 것을 느꼈다.

푸푸푸푹!!

독곡의 살수들이 쏜 독침. 당연히 궁외수를 향한 것이었지만 그는 독수파파의 몸뚱이로 모조리 차단했다.

뿐만 아니라 내던지기까지.

콰악!

등판을 파고든 뜨거움. 긴 꼬챙이에 꿴 것 같은 아픔. 분명 같은 편이 휘두른 도검 중 하나일 것이었다.

그리고 독수파파는 꺼져가는 시야 속에 허공에서 내려찍히는 시커먼 그림자를 보았다.

콰콱! 콰콰쾅!

그게 끝이었다. 독수파파의 육신은 자신의 등을 꿴 살수와 함께 쪼개지고 터져 형체조차 남기지 못한 채 흩어졌다.
 하지만 외수는 그게 시작이었다. 곧바로 가장 가까이 있는 다른 살수들을 덮쳤고 가차 없고 무자비한 도륙이 이어졌다.
 외수는 압도적이었다.
 낭왕의 내력을 얻으며 극강을 향해 치닫는 무위도 무위려니와 거기에 폭주한 영마지기는 무위와는 상관없이 또 다른 외수의 모습을 튀어나오게 만들었다.
 괴물, 또는 초인.
 아니, 극강의 무위를 지닌 악마라는 표현이 맞을까.
 평소의 검을 휘두르는 외수와는 너무나 달랐다. 이기기 위한, 제압하기 위한 몸부림이 아니었다.
 광분한 맹수가 달려들어 먹이를 물어뜯어 죽이면 이럴까? 일격에 죽어 나자빠진 자는 운이 좋은 것이었다. 이미 절명해 쓰러지고 있거나 튕겨나가는 자를 거듭해서 도륙하고, 육신이 완전히 조각조각 흩어질 때까지 시야에 잡히는 것은 모조리 찢어발기는 외수였다.
 그 엄청난 광경. 잔혹한 무위, 끔찍한 도살.
 정말 양민들 속에 뛰어들어 마구 학살을 자행하는 살인귀 같았다.

 군중들 속에 섞여 있던 비영문주 천우선은 놀라 떨어진 입을 가누지 못했다.

처음 보는 궁외수의 무위. 생각조차 해보지 못한 끔찍하고 가공스런 무위에 벌어진 턱이 달달 떨렸다.

일반적인 초극고수와는 다른 그 무엇. 잔혹성. 냉혹함. 포악성……. 차마 눈뜨고는 못 볼 참상. 온몸에 소름이 쫙 돋을 지경이었다.

그런데 어떡해서 독을 당하고도 저런 움직임을 보일 수 있는 것인가.

'만독… 불침지체(萬毒不侵之體)……?'

천우선의 머릿속에 든 생각이었다.

"노, 놈을 죽여라!"

천우선은 외친다고 외친 소리였으나 입 안에서만 웅얼대고 터져 나가지 못했다.

퍼뜩 정신을 차린 천우선은 헛기침으로 가슴을 가라앉힌 다음 다시 고함을 질렀다.

"죽여라! 놈은 독을 당했다. 결코 오래 버틸 수 없어! 죽여!!"

틀렸다. 잘못된 명령이었다. 오히려 도망치라고 명령했어야 맞았다.

눈에 보이듯이 외수는 무림삼성이나 낭왕 등 의천육왕 정도만이 올랐던 초극의 경지에 들어선 인간이었고, 거기에 무림의 공포라는 영마로서 폭주까지 한 상태였기 때문이다.

독을 쓰려면 심장 가까이 독비를 찔렀어야 했다. 그랬으면

파탄

외수는 지금처럼 날뛰지 못했을지도 몰랐다.

이미 내력만으로 독을 일부나마 제어할 수 있는 내력 수위인 데다 영마지기가 전신에 들끓기 시작하며 허벅지의 독은 대부분이 태워져 배출되고 있는 중이었다.

인간의 범주에선 계산이 되지 않는 능력. 그런 것이 영마의 무서운 면이었고 무림삼성이 그 힘을 경계하며 만사를 제쳐놓고 굳이 쫓아다니는 이유였다.

인간 본연의 의식마저도 빼앗아 버리는 무서운 힘. 그것을 계산 못 한 천우선은 스스로 파멸로 치닫고 있었다.

쾅! 콰아앙!

퍼퍽!

피가 튀는 정도가 아니었다. 시뻘건 육신 조각들이 터지고 쪼개져 날아다녔다.

무자비한 난도질. 명에 따라 살수들이 달려들지만 제대로 대응하는 자는 하나도 없었다. 폭발하는 영마 궁외수의 공력에 하나도 남김없이 쓸려 날아갈 뿐이었다.

"크아아아악!"

"끄아악!"

너무도 끔찍한 비명들. 살수로서 훈련이 된 자들임에도 터뜨릴 수밖에 없는 그 비명들이 이건 아니라고, 살려달라고 울부짖는 것같이 들릴 지경이었다.

"말도 안 돼. 이건… 인간이 아니야."

순식간에 이십여 명이 난자되는 광경. 비로소 파멸을 감지한 천우선은 그제야 맞서선 안 된단 것을 깨닫고 편가연을 실은 마차 쪽으로 급히 눈을 돌렸다.

 죽었으리라. 독곡의 독을 당했으니 살아날 수 없으리라. 천우선은 그렇게 믿고 싶었다.

 다시 눈을 거둬 죽음이 난무하는 곳으로 옮긴 천우선이 바로 옆 작은 키의 복면인에게 뇌까리듯 물었다.

 "부곡주! 어찌된 것이오? 저놈이 어째서 독을 당하고도 저처럼 날뛸 수 있는 것이오?"

 독곡의 살수들을 이끌고 온 인물. 무태(戊台)라는 살수명을 가진 자로 독곡의 곡주에 이어 두 번째 서열을 가진 인물. 하지만 그렇다고 해서 지금 벌어지고 일에 대해서 설명할 수 있는 게 아니었다.

 "솔직히 모르겠소. 저놈이 어떻게 독을 견뎌내고 있는 것인지. 아무리 심후한 내력의 고수라 해도 지금까지 우리가 쓴 독을 버텨낸 자가 없었소. 그런데……."

 답답하다는 듯 고개를 젓는 무태.

 "지금으로선 독이 통하지 않는 괴물이라 판단할 수밖에 없구려. 말로만 들었던 영마의 기운 같소."

 "여, 영마?"

 "그렇소. 인간의 범주 위, 신의 단계 바로 아래 신체적 조건과 능력을 갖고 태어난다는 그 천형(天刑) 말이오."

"……."

"보시오. 완전히 실성한 것 같지 않소? 인간의 몸뚱이로 그보다 더한 기운이 전신에서 폭주하기에 저처럼 자아(自我)를 상실하는 것이오. 틀림없소. 저놈은 인간 세상에 있어선 안 되는 하늘의 형벌, 영마가 맞소."

꿀꺽.

마른침을 삼키는 금쇄살도 천우선. 영마라면 지금의 이 상황이 설명이 되는 것이다.

"편가연, 편가연은 어찌 되는 것이오?"

"살 수 없소. 천태살(天台殺)의 독침을 맞은 이상 신체 어느 부위에 꽂혔든 길어야 이 각(刻)이오."

무태의 대답에 그나마 안도의 한숨을 쉬는 천우선이었다. 그는 즉시 고함을 내질렀다.

"물러나라! 철수한다!"

목적을 달성했으니 편가연의 정혼자라고 해도 굳이 영마라는 엄청난 존재와 싸울 이유가 없는 것이다. 어차피 극월세가는 편 씨의 것. 편가연이 죽기만 한다면 그 뒤는 편장우, 편무열 부자에게 맡기면 되는 것이다.

한데 천우선이 고함을 내지른 그 순간 바로 등 뒤에서 감지 못한 은밀한 움직임이 속삭이듯 전음을 울렸다.

[네놈이 비영문의 수괴더냐?]

"……?"

전신이 오싹할 정도로 기겁한 천우선.

놀라 뒤집어질 뻔한 그가 신형을 돌리려 할 때 묵직한 자객도가 등짝을 뚫고 복부로 먼저 튀어나왔다.

푸욱!

"……?"

그 극심한 통증과 정신적 충격에 비명조차 지를 수 없었다.

[그리고 독을 쓰는 놈들은 독곡의 살수들일 테지.]

무태도 황급히 돌아섰으나 이번에도 박혀드는 칼이 먼저였다.

푹!

겨드랑이 하단을 파고든 짧은 자객도.

"끄으으으……."

말로 표현할 수 없는 고통.

하지만 천우선 입장에선 그런 고통보다 정말 미치고 환장할 노릇이었다. 궁외수란 미친놈 때문에 정신이 팔렸다고는 하나, 살문의 문주씩이나 되는 자신이 이와 같은 접근을 허용하다니.

사방이 자기편들뿐이란 과신의 결과이기도 했으나, 천우선도 무태도 차라리 죽어 마땅하단 자책이 들 정도였다.

고통은 무태 쪽이 더했다. 그는 늑골 사이로 칼이 꿰고 들어온 탓이다.

하지만 그대로 빼낸다면 아직 살 가망은 있었다. 단지 빠져 나가려 할 때 상대가 가만있을 리가 만무하기에 꼼짝할 수가 없는 것이다.

"끄으, 누구냐, 네놈… 들은?"

[귀살문의 비살 교적산이다.]

[귀살문주… 곽영지다.]

천우선과 무태가 위장을 했듯 일반인으로 완벽히 위장을 한 두 사람.

"귀, 귀살문?"

[놀랐느냐. 우리가 이 자리에 나타나서?]

"여, 역시 살아 있었더란 말이냐?"

[흥, 살아만 있었겠느냐. 복수를 꿈꾸며 오늘 이 순간을 기다려 왔다. 너희 놈들, 비영문과 독곡! 네놈들 외에 위지세가 등 연합세력이 극월세가를 노리고 있단 사실도 이미 파악하고 왔다.]

"……?"

놀란 천우선은 자신이 살 수 없다는 걸 인지했다.

위지세가? 그건 자신도 몰랐던 사실이었다. 편장우와 편무열은 다른 동조 세력들에 대해선 철저히 서로가 알지 못하게 관리를 해왔기 때문이다.

[우리 귀살문을 공격할 때 너흴 지원한 배후세력이 누구냐?]

"……."

고통 속에 교적산의 눈을 내려다보는 천우선.

허무했다. 이렇게 끝날 목숨 무엇을 바라고 그렇게 욕심을 부렸던 것인지……. 무수한 비영문 식구들의 목숨들만 잃지 않았던가.

천우선은 잠시 비영문과 독곡의 살수들을 마음껏 유린하고 있는 궁외수를 돌아보고 이빨을 깨물었다.

"젠장!"

뱉을 수 있는 한탄이 그것뿐이었다.

"곽영지라… 이전 귀살문주의 핏줄인 건가?"

허탈함이 가득한 천우선의 시선에 곽영지가 거침없이 대답했다.

"그렇다! 네놈들이 기습해 살해한 귀살문주의 딸이다!"

"후훗, 멋지군. 완전히 잊고 있었는데 이렇게 멋진 복수라니. 완벽해!"

"시끄럽다! 네놈들을 지원한 놈들이나 불어!"

"후후, 이렇게 된 마당에 무엇을 숨길까. 하지만 그들을 위해서가 아니라 너흴 위해서 그들이 극월세가를 노리는 주체와 같은 자들이라는 것까지만 말해주마."

"개수작 말고 토설해!"

"…말하지 않았느냐, 너흴 위해서라고. 여기 우리까지만 해라. 몰락한 너희 귀살문의 힘으로 도전할 수 있는 자들이 아니다."

"개자식, 누가 누굴 걱정하는 거야?"

스거걱!

곽영지가 무태의 옆구리에 찔러 넣고 있는 자객도를 힘껏 그어버렸다.

"크아아!"

그대로 가슴팍이 갈라지며 피를 뿜는 무태. 그는 휘청휘청 채 세 걸음도 물러나지 못하고 고꾸라졌다.

곽영지는 피로 시뻘건 자객도를 천우선에게 향했다.

"부곡주?"

"문주!"

살수들이 달려들었지만 천우선이 먼저 손을 들어 그들을 제지했다.

"모두 멈추어라!"

"문주?"

"내 말 들어라. 비영문은 끝났다. 모두 당장 저 악마로부터 여길 벗어나 도주하라."

천우선이 가리킨 건 당연히 궁외수였다.

"한 사람이라도 살아서 도주해 비영문의 남은 식솔들을 챙겨 영원히 떠나라. 다시 말하지만 우리 비영문은 끝났다. 헛된 노력도 헛된 꿈도 꾸지 마라. 문주의 마지막 명령이다."

자객도에 관통당한 채 내리는 명령. 처절했다.

천우선은 스스로 쓰고 있던 복면을 벗었다. 자신의 의지를 다시 한 번 확인시키는 행동.

그런 다음 천우선은 자신의 배를 뚫고 나온 칼끝을 쥐고 미련 없이 아래로 그어 내렸다.

콰악!

뿜어지는 피와 함께 쏟아지는 내장. 그의 육신이 자객도에서 빠져나와 힘없이 무너졌다.

"무, 문주……!"

충격에 바들거리는 살수들.

그때 한 사람이 처참한 심정을 가누고 비장하게 소리쳤다.

"가자!"

외친 자가 먼저 신형을 날렸다.

주춤대던 살수들이 그제야 죽은 천우선의 명령을 받아들였다.

방향도 없이 흩어지기 시작하는 살수들.

하지만 이미 이성을 빼앗긴 궁외수는 그들을 내버려 두지 않았다.

슈우욱! 콰쾅!

영마의 상태에서 발출되는 무극검의 검린은 실로 가공스러웠다. 도주하는 자들을 쓸어버리는 것만이 아니라 아예 땅까지 뒤집어놓고 있었다.

연속해서 쉼 없이 발출되는 검린. 예전 형체도 없이 발출되던 것과는 달랐다.

파탄 169

무시무시한 강기까지 동반된 탓에 마치 뇌전의 전광(電光)이 날아가 꽂히는 것 같은 착각을 불러일으킬 정도였다.

완전히 지옥도(地獄道)였다.

분노에 사로잡힌 외수는 풀 한 포기 남기지 않을 것처럼 발광했다.

문제는 그가 폭발하는 범위 안에 미처 피하지 못한 빈민들과 군중이 섞여 있다는 것이었다.

비영문주 천우선과 독곡의 무태를 도륙한 교적산과 곽영지는 폭발하는 궁외수의 무위를 보며 넋을 놓았다.

가히 천지를 뒤집어놓는 힘.

그에게 거리 따윈 아무런 소용이 없었다. 무극검의 묘용은 사방팔방 뻗어나갔고 눈앞에 보이는 모든 것들을 뒤집어 놓고 있었다.

콰콰쾅! 콰앙!

콰콰쾅쾅쾅!!!

"……!"

어마어마한 무위와 공력에 넋을 빼고 있던 교적산과 곽영지가 문득 정신을 차리고 누가 먼저랄 것도 없이 동시에 신형을 날렸다.

궁외수의 폭발 속에 젊은 여인과 노인, 어린아이 하나를 발견한 탓이다.

그대로 놔두면 휩쓸릴 것은 자명한 일.

하지만 그것이 오히려 궁외수의 시선을 잡아끌어 노인과 여인, 아이에게 더욱 위험한 사태를 초래하고 말았다.

외수의 상태는 이미 완벽한 영마. 그의 시선에 보이는 모든 것은 죽여야 할 대상일 뿐이었고, 영마의 기운을 벗어나지 못하는 한 그는 끊임없이 눈에 잡히는 것을 베고 다닐 것이었다.

어쩌면 교적산과 곽영지가 그 영마의 본질을 알았더라면 폭발의 범위 안으로 뛰어들지 않았을지도 몰랐다.

하지만 늦었다.

무림삼성이 그토록 두려워한, 살인귀가 되어버린 궁외수의 눈에 두 사람의 움직임이 포착됐고 버둥버둥 달아나려 애쓰는 노인과 아이 등도 표적에 걸려 버린 후였다.

쉬이익!

덮치듯 쏘아져 오는 궁외수.

실로 무서운 운신이었다. 특별한 신법을 익힌 적도 없는 그였건만 아미파의 '곤룡일족(坤龍一足)' 처럼 한 걸음에 전광석화 같은 운신을 보여주고 있었다.

검에 표출된 강기 탓에 거대한 강기 기둥을 들고 덮쳐 오는 듯한 궁외수의 모습에 교적산과 곽영지가 굳어버리듯 신형을 멈추었다.

움직일 수가 없었다.

너무도 끔찍한 공포! 악마의 기운이 덮쳐 전신을 옭아맨 듯한 두려움에 심장마저 경직되는 느낌이었다.

그때 찢어지는 목소리와 함께 파공성이 날아들었다.

"피해! 달아나!"

쉬이이익―

덮쳐드는 외수를 향해 날아간 파공성이었다.

카앙― 카카카캉―

외수의 검을 때리는 빛줄기들.

그것이 작은 비도들이란 것을 깨달았을 때 비로소 교적산과 곽영지는 고개를 돌렸다.

편가연만큼이나 빼어난 미모의 여인, 조비연.

그녀가 벌건 대낮임에도 달빛을 뿌리는 듯한 비도들을 운용하고 있었고 그 바람에 덮쳐 오던 외수의 신형이 잠시나마 멈추었다.

"도망치라니까!"

다시 터지는 조비연의 고함.

퍼뜩 정신을 차린 교적산과 곽영지는 얼른 아이와 노인, 그리고 여인을 안고 뒤도 돌아보지 않고 달렸다.

다행히 외수는 쫓아오지 못했다. 비도들에 둘러싸인 채 맹공을 받으며 완전히 조비연 쪽으로 신경이 넘어간 상태였던 덕분이다.

"크흐……."

자신을 현혹하는 비도들이 무척이나 성가신 듯 괴이한 신음과 함께 인상을 쓰는 궁외수. 조비연이라고 알아볼 리 없었다.

"시시, 뭐해? 빨리 마차에 올라타!"

조비연은 편가연을 실은 마차에 올라타지 않고 주춤대고 있는 시시를 재촉했다.

지금 폭주한 외수는 아무리 시시라 해도 막을 수 없어 보였기에 도주하란 뜻이었다.

"지금 저 인간 옆에 있는 건 자살 행위야. 누구도 살아남을 수 없어! 시간 없으니 빨리 마차를 타고 출발해!"

"공자님……."

시시가 어쩔 수 없이 눈물을 뿌리며 마차에 올랐고 온조가 이끄는 행렬은 즉시 미친 듯이 내달려 갔다.

두두두두……!

그러나 그 움직임들이 궁외수를 자극했다. 그는 운용되고 있는 조비연의 비도들을 거칠게 받아치며 마차를 쫓아 움직이려 했다.

그러자 다급해진 건 조비연이었다. 궁외수의 현재 능력에 마차를 따라잡는 일은 식은 죽 먹기. 어떻게든 쫓아가지 못하게 막아야 했다.

"야, 궁외수!"

비연은 일곱 개의 월령비도를 더욱 격렬히 운용하며 외수의 신경을 유도했다.
 하지만 비도만으로 외수를 묶기엔 역부족이었다.
 어쩔 수 없이 비연은 비도를 회수하고 두 자루 칼을 뽑아 들었다. 그리고 마차를 향하는 외수 앞으로 신형을 날려 막아섰다.
 "정신 차려, 이 새끼야!"
 지금까지 자신이 지켜왔고 조금 전까지도 지키려 안간힘을 다했던 인간이 한순간에 돌변해 도리어 죽이려 달려가는 상황이 화가 나는 조비연이었다.
 자신을 주체하지 못할 만큼 이성을 잃어버리는 괴물.
 그런 그가 자신이 사랑하는 사람이라는 게 미칠 것만 같았다.
 일격에 죽을 수도 있었다. 지금까지 보인 위력으로 볼 때 그럴 가능성은 너무나 높았다.
 "그래. 죽자, 이 새끼야! 왜 이리 미쳐 날뛰는 거야. 제발 정신 차려!"
 눈물이 날 것 같은 조비연. 전엔 시시가 죽음을 무릅쓰고 광란을 막았지만 자신에겐 그런 능력이 없다.
 제발 거짓말같이 정신이 돌아와 주길…….
 하지만 그건 혼자만의 간절함일 뿐. 비연은 길게 그어지는 섬광들을 보았다.
 무지막지한 공력이 실린 강기. 일검에 자신을 쪼개 버리고 그대로 마차 행렬을 붙잡을 기세인 궁외수였다.
"아앗! 안 돼!"
비연의 비명. 막을 수도, 피해서도 안 되는 자신의 처지에 대한 절규였다.
콰콰콰쾅!!
미친(?) 궁외수의 가차 없는 일격. 일검을 휘두른 것이었지만 같이 발출된 검린들까지 쏟아져 그 위력은 이루 표현할 수가 없었다.
비연의 공력으론 도저히 감당할 수 없는 무위. 얼굴부터 팔과 다리, 전신에서 피가 튀었다.
"……!"
외마디 비명도 없이 실 끊어진 연처럼 훨훨 날아가는 조비연.
무려 오륙 장(丈) 거리를 날아가 처박힌 비연은 자신의 상태조차 감지하지 못했다.
쏟아지는 핏물에 한쪽 눈이 안 보이는 데다가, 자신의 팔다리는 온전히 붙어 있는지 어디가 갈라졌는지 살필 여력조차 없었다.
"야, 인마!"
다시 발딱 일어서 월령비도를 쏘아내는 비연.
무자비하게 베이고 갈라진 부상 부위들이 엄청난 통증을 동반하며 피를 뿜어내고 있었으나 오로지 외수를 막아야 한다는 일념뿐인 그녀였다.

그녀의 집념이 통한 걸까?

등판을 향해 쏘아진 비도들 때문에 외수가 돌아섰고 그 순간 행렬은 한 걸음 멀어졌다.

이제 그를 붙잡아놓은 것이 중요했다. 다시 돌아서게 할 순 없었다.

"이리와! 내가 안 죽었잖아. 날 죽여 놓고 가란 말이야!"

악을 쓰듯 고래고래 고함을 지르는 조비연.

동공이 보이지 않는 시뻘건 안광의 궁외수가 이윽고 그녀를 향해 움직였다.

무시무시한 살기.

단번에 덮쳐 오진 않았으나 퍼부어지는 살기로 보아 확실히 끝장을 낼 기세였다.

"멋진 새끼! 뭘 해도 멋있군."

비연이 다가오는 외수를 보며 싱긋 웃었다.

"그래, 그렇게 멋있는 놈이라서 내가 반했지!"

비도를 회수한 비연. 쌍도를 다시 들지 않고 아예 응수를 포기한 그녀였다.

피범벅인 상태로 휘청대는 몸뚱이. 이마에서 뺨으로 그어진 상처는 머리통이 날아가지 않은 것만 해도 다행이라 생각될 정도였다.

"그래, 어서와! 그쪽이 아니라 이쪽이야!"

비틀대는 몸으로 슬금슬금 물러나며 꼬드기듯 외수를 유인하는 비연.
 그녀의 눈엔 눈물이 흐르고 있었다.

第六章

영마 궁외수

빨리 죽어야지. 저놈과 같은 세상에 살고 싶지 않아! 지긋지긋
해!

—무림삼성

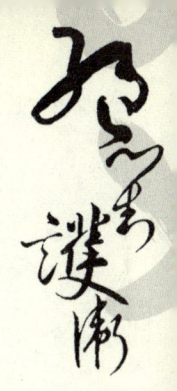

 편무결. 사촌 동생 편가연을 보러 온 그는 눈앞에 벌어지고 있는 광경에 아연실색해 한 걸음도 움직일 수가 없었다.
 평화롭게 구호 행사가 진행되고 있어도 모자랄 장소에서 차마 눈 뜨고 볼 수 없는 살육의 피바람이라니.
 급하게 달려가는 마차와 그를 호위한 위사들. 이리저리 아우성을 쳐대며 달아나는 빈민들. 그리고 또 복면의 살수들과 무수히 널린 시체 토막…….
 "이게 어찌……?"
 편무결은 무지막지한 무위를 휘두르며 미친 듯이 날뛰고 있는 자에게 눈을 고정했다.

궁외수. 틀림없이 그였다.

한데 그가 왜 편가연이 탄 마차를 공격하려 했고 또 그를 붙잡아 유인하는 여인은 또 누구인지.

눈살이 찌푸려질 만큼 무참한 모습. 여인의 목숨과도 같은 얼굴에 상처를 입은 것은 물론, 서 있기도 힘들어 보일 만큼 만신창이였다.

그런데 그런 그녀를 궁외수가 죽이려 하고 있었다. 척 보아도 적 같지는 않고 여인이 고래고래 떠드는 소리로 봐선 서로가 잘 아는 관계 같은데, 외수는 아랑곳 않고 무시무시한 살기를 흘리며 다가서고 있었다.

그때 여인이 팔을 쫙 벌렸다. 마치 궁외수를 맞이하듯이.

"왔어? 귀여운 자식!"

웃고 있는 여인. 줄줄 피가 흐르는 얼굴로 웃는 모습은 세상에 그보다 더 슬프고 처참해 보이는 모습은 없을 듯했다.

"사랑해… 사랑한다!"

나직이 주절대는 여인.

"사랑한다고 짜식아. 내가 널……. 후후, 넌 어차피 기억도 못할 테지. 하지만 이 상황 덕에 너에게 이 말을 할 수 있어서 다행이라 생각한다. 아니면 평생 못 했을 테니……."

혼자 입술을 꼭 깨물고 눈물을 참으려 애쓰는 여인의 모습이 무결의 눈을 찔렀다.

"궁외수!"

무결이 고함을 질렀다. 외수가 일검에 양단을 낼 듯 여인을 향해 검을 쳐들고 있었기 때문이다.
 그런데 그때 편무결의 고함과는 비교도 안 되는 항마후(降魔吼)가 터졌다.
 "네 이놈!"
 엄청난 속도로 쏘아져 온 세 인영.
 그들의 고함에야 궁외수가 돌아보았다.
 "이런 빌어먹을 인간! 기어이 그 더러운 본성을 폭발시켰구나!"
 무림삼성이었다. 편무결이 그들을 모를까. 남궁세가에서 이미 익숙해진 얼굴들이었다.
 분노에 끓는 무림삼성. 그들 세 사람은 편무결은 안중에도 두지 않고 사방에 널린 참혹한 시체들을 둘러보았다.
 광란의 현장. 어마어마한 무위로 가르고 뭉개고 뒤집어 엎어버린 흔적.
 사실 곤양을 다녀오고 나서 조금이나마 궁외수, 그리고 영마에 대한 생각이 흔들리고 있던 세 사람이었다. 한데 현실을 다시 확인하고 나니 또다시 어금니를 악물게 될 수밖에 없었다.
 상대가 살수라는 게 문제가 아니었다. 분노로 인해 영마기가 폭발하면 상대를 가리지 않고 살육을 자행한다는 게 문제였다.

"크르륵, 끄흑……."

기이한 괴성을 흘리는 궁외수. 자아를 잃은 상태에서도 무림삼성을 의식하는 것인가. 돌아본 그의 혈안이 더욱 짙은 핏빛을 번쩍였다.

"죽여 버린다. 으드드득!"

휘익!

섬광처럼 신형을 쏘아내는 외수.

"이 미친놈이!"

구대통과 무양, 명원이 즉시 검을 뽑아 대응을 해갔다. 외수가 자신들을 목표로 한 이상 피할 수가 없는 싸움이었다. 아니, 어쩌면 어느 한쪽이 죽어야 끝이 날 싸움인지도 몰랐다.

콰콰쾅!

영마의 힘을 가진 궁외수와 초극의 고수인 무림삼성.

살수들로 인해 시작되었던 폭발이 생각지도 못한 무림삼성과의 싸움으로 옮겨져 그야말로 경천동지 감당 안 되는 충돌이 벌어지고 있었다.

그 바람에 마지막인 줄 알았던 조비연이 넋을 놓고 주저앉았다. 아니, 쓰러졌다는 게 맞을 듯했다.

주저앉은 조비연은 그제야 현장에 관원들이 남아 있는 것을 보았다.

넋이 빠진 무성 현령 고명환. 엄청난 무위로 폭주하는 궁외수를 보고 있는 그에게 비연이 소리를 질렀다.
"어서 떠나세요! 여기 있다간 다 죽어요. 어서!"
고함 소리에 퍼뜩 정신을 차린 고명환. 그러고 보니 모두가 떠나고 없는 마당에 자기들만 덩그러니 남은 꼴이었다.
공포에 질려 슬금슬금 물러나던 그는 곧장 말에 올라 관원들과 현장을 떠나갔다.
편무결이 황급히 조비연에게 다가갔다.
"괜찮소? 어떻게 된 것이오? 궁외수 저 친구가 왜 저리……?"
"누구지, 당신은?"
"편무결이라 하오. 편가연의 사촌 오라비 되는 사람이오."
"……"
조비연이 걱정스럽게 자신을 살피는 무결을 재차 확인했다.
"소저는 누구시오? 누구기에 저 친구가 이렇게 만든 것이오?"
"지금 제정신이 아니에요."
"실성했단 말이오?"
끄덕.
입이 벌어진 편무결. 짐작은 했지만 왜 그 지경인지 알 수 없어 머리가 어지러웠다.

"우선 상처부터 돌봐야겠소. 몹시 심하오."
편무결이 대뜸 자신의 행낭을 내려놓고 풀어헤쳤다.
그러자 조비연이 고개를 저었다.
"아니. 여길 먼저 떠나야 해요."
"……?"
"다시 그의 검 앞에 놓이고 싶지 않아요."
"……."
잠시 쳐다보는 편무결. 하지만 단호히 고개를 흔들었다.
"안 되오. 출혈 때문에 죽을 수도 있소. 잠시만 참으시오. 지금 당신의 극심한 상처가 네 군데나 되오."
편무결이 조비연의 말을 무시한 채 행낭에서 깨끗한 천을 꺼내 내밀었다.
"이걸로 우선 얼굴의 상처를 잠시만 누르고 있으시오. 팔과 다리의 부상부터 손을 보겠소."
또 다른 천과 지혈제를 꺼내 빠르게 손을 놀려가는 편무결.
검에 갈라진 팔과 두 다리의 상처가 깊었다. 잘려 날아가지 않은 것이 다행일 정도로 섬뜩한 부상. 편무결은 침착하고 빠르게 출혈을 잠으며 상처들을 단단히 조여 맸다.
그런 다음 비연의 이마로부터 시작된 안면 상처 또한 최대한 조심스럽게 싸매기 시작했다.
조비연은 그가 형인 편무열과는 전혀 다른 인상의 사내라 생각하며 이채를 띠고 지켜보았다.

"대충 된 것 같소. 하지만 응급처치일 뿐이니 당장 의원에게 가야 하오. 여자의 몸에 큰 흉이 남을 수도 있으니 말이오. 안타깝구려."

"……."

안타깝다는 말에 비연이 노려보았다. 마음을 아프게 하는 말인 탓이었다.

돌이킬 수 없게 된 상처. 비연은 편무결이 싸매놓은 두 다리를 내려다보며 이를 악물었다. 북받치는 감정. 이제 흉물로 살 수밖에 없게 되었다는 사실에 왈칵 눈물이 솟구칠 것 같았다.

"일어날 수 있겠소? 내가 부축해 주겠소."

손을 내미는 편무결.

하지만 비연은 그 손을 쳐 버렸다.

혼자 일어서려 애쓰는 비연. 그러나 채 서지도 못하고 비틀거렸다. 편무결이 급히 팔을 잡지 않았으면 그대로 쓰러졌을 그녀였다.

"궁외수, 그가 어째서 실성한 것이오?"

편무결이 일부러 말을 돌렸다.

무림삼성과 격돌 중인 외수를 힐끔 쳐다보는 비연.

"스스로 제어하지 못하는 기운을 타고난 몸뚱이라 저런다더군요. 거기에 편가연 가주가 살수의 암습으로 중독된 탓에……."

"……?"

핏기가 사라지는 편무결. 궁외수의 제어하지 못하는 선천지기도 놀라운데 편가연이 살수에게 당했다는 말은 심장을 떨어지게 만들었다.

"연이가 피습을 당했단 말이오?"

끄덕.

편무결이 마차가 떠난 방향을 돌아보고 싸우고 있는 외수에게도 눈길을 주었다.

살수의 독을 당했다면 치명적이었다. 어쩌면 돌이키지 못할 수도 있는 일. 무너지는 심장을 주체할 수가 없는 편무결이었다.

"가보세요. 고마웠어요."

비연이 자신의 팔을 붙잡고 있는 무결의 손을 뿌리치고 비척비척 움직여 갔다.

쌍도를 들고 걸어가는 그녀를 충격에 빠진 상태로 한동안 보고 있던 무결이 어느 순간 입술을 꽉 깨물곤 뒤쫓아 움직였다.

콰콰쾅! 쾅쾅!

쿠르릉— 콰앙—

두 사람이 떠난 뒤쪽엔 쉴 새 없이 내리꽂히는 벼락과 뒤집히는 땅거죽 속에서 가공스런 초인들의 무시무시한 격돌만 끊임없이 계속되고 있었다.

* * *

반야. 그녀는 하루 종일 아무것도 입에 대지 않고 있었다. 방 안에만 박혀 나가지도 않았고 앉은 자리에서 아예 움직이지도 않았다.

결국 그녀가 움직임을 보인 건 해거름이 되어서였다. 이때쯤이면 극월세가 일행이 행사를 마치고 돌아와야 할 시간인데 아직 그 같은 기미가 없었기 때문이었다.

더듬더듬 방문을 열고 나가는 반야.

그녀가 현관까지 더듬어 가서 밖으로 나서려 할 때 마당에 사람들이 모인 기척을 느꼈다.

하지만 극월세가 일행들의 기척은 아니었다. 반야는 객관의 식구들이 세가 일행이 돌아오길 기다리는가 보다 생각하며 조심스레 문을 열고 나섰다.

"아가씨?"

반야를 보고 달려오는 이들.

"무슨 일이 있나요? 왜 늦는 거죠?"

따로 연락 온 게 있나 싶어 물은 것이었지만 눈치가 이상했다. 머뭇대는 사람들.

반야는 재차 물었다.

"무슨 일이에요? 아는 것이 있으면 말해주세요."

이윽고 누군가 울상을 하고 입을 열었다.
"아가씨, 행사장에서 살수들의 암습이 있었다고 합니다."
"……!"
"이백여 명에 이르는 자들이었다고 하는데 편가연 가주께서 피습을 받고 쓰러지셨다고… 그래서 곧바로 영흥 극월세가로 향하고 계시다고……."
반야가 휘청거렸다. 편가연이 당했다면 궁외수가 지키지 못했단 뜻. 그녀를 보호하지 못했다는 건 궁외수 역시 피습을 당해 같은 상황에 빠졌을 것이란 생각이 든 반야는 심장이 터질 것 같았다.
정신이 없는 반야. 허둥지둥 현관 계단을 내려서 마당을 가로지르는 그녀였다.
"아가씨?"
놀란 객관의 시녀들이 쫓아가 반야의 팔을 붙들었다.
"어딜 가시는 거예요?"
"놓아주세요. 가봐야겠어요."
"어떻게요? 그 몸으로……."
"괜찮아요. 제가 가야 돼요. 놔주세요."
끝내 억지로 손을 빼내는 반야.
하지만 그녀가 마당을 벗어나 밖으로 나가려 할 때 뜻밖의 음성 하나가 그녀의 발목을 붙들었다.
"어딜 가는 것이냐?"

"……?"

놀란 반야. 기억에 있는 음성이었지만 같이 느껴지는 다른 기운들 때문에 대답조차 못하고 멍하니 돌아보기만 했다.

무시무시한 기운들. 오히려 말을 건네 온 음성의 기운이 따뜻하고 미약하게 느껴질 정도였다.

궁뇌천. 시시와 반야가 궁천도라고 알고 있는 그가 과거 환마교의 지존이었던 은환마제 독조 소후연, 일월천의 무력부장 장천기, 철혈마군의 수장 혈우폭마 연우정과 같이 나타난 것이었다.

"으잉? 날 잊은 것이냐? 어찌 대꾸가 없느냐?"

"……"

재촉하는 궁뇌천의 목소리에 울먹울먹 곧 울음이 터질 것처럼 반야의 표정이 일그러졌다.

그걸 본 궁뇌천이 당나귀 짝귀의 등에서 슬그머니 내려 다가섰다.

"무슨 일이냐? 뭐가 그렇게 서러워?"

"아… 버님?"

결국 쓰러지듯 궁뇌천의 품에 안겨들며 우왕 울음이 터져버린 반야였다.

눈을 껌벅이며 내려다보는 궁뇌천. 품안의 새처럼 바들바들 떨며 우는 가녀린 그녀의 등을 궁외천은 일단 다독이고 보았다.

"쯧쯧, 진정해라. 그리고 무슨 일인지 말해보아라."
"흑흑, 극월세가의 빈민 구호 행사장에서 궁 공자님과 편가연 가주가 살수들의 암습을 당했대요."
"그래서?"
무뚝뚝한 대답. 너무도 무미건조한 대답에 반야가 울음을 그치고 품에 파묻었던 얼굴을 슬그머니 들었다.
"아버님의 아드님, 그러니까 궁외수 공자께서 행사 중 피습을 당했다고요. 더구나 아버님의 며느리가 될 편가연 가주가 살수에 의해 다쳐 쓰러졌다고……."
"글쎄 그러니까 그게 어쨌다고?"
"네?"
전혀 상관없는 사람처럼 말하는 궁뇌천을 이해 못 해 어리둥절한 반야.
"그래서 지금 행사장을 찾아가겠다고 나선 것이냐?"
궁뇌천이 말을 해놓고 객관 마당에 모여선 이들을 돌아보았다.
흠칫 놀라는 객관 식구들. 반야를 잡지 못하고 놔둔 것을 힐책하는 눈초리 같았기 때문이다.
구부정한 늙은이 모습의 그뿐만이 아니었다. 그와 같이 온 이들의 인상과 풍채 또한 오금을 오그라들게 만들고 남음이 있었다.
눈을 거둔 궁뇌천. 자신의 허리를 잡고 올려다보고 있는 반야에게 뭉툭하게 한마디를 던졌다.
"안 죽어!"
"예?"
"안 죽으니 걱정 말아라."
"……."
이해를 할 수가 없었다. 죽지 않으면 다쳐도 상관없단 말도 아니고, 반야는 그가 친아버지가 맞나 의심이 들 정도였다.
고개를 들어 먼 산을 쳐다보는 궁뇌천.
"음, 살수들의 기습에 편가연이 다쳤다니 이리로 오진 않겠군."
"네. 곧장 영홍으로 갔을 거예요."
"그래? 타라!"
"네?"
"네가 걱정을 해대니 어디 한번 따라가 보자꾸나."
이렇다 저렇다 말도 없이 반야를 달랑 들어 짝귀의 등에다 올려 앉히는 궁뇌천. 그리고 늘어진 짝귀의 고삐를 잡고 다시 고갤 돌려 마당의 객관 사람들을 째렸다.
"영홍이 어느 방향이냐?"
"저, 저쪽 길입니다."
한 사람이 얼른 손을 들어 가리키자 비시시 웃는 궁뇌천. 그는 두말없이 가르쳐 준 방향으로 걸음을 옮겨갔다.
반야가 자기가 탄 것이 움직이자 물었다.

"이게 뭐죠? 말인가요?"

"아니다. 짝귀란 당나귀다."

"당나귀?"

"그래. 후후, 잘 어울리는구나. 내가 아끼던 녀석인데 지금부터 네게 주마. 여간 똑똑한 놈이 아니라 영물(靈物) 같은 놈이니 당분간 네 눈과 발이 되어주는 데 충분할 거다."

"......?"

"짝귀 이놈, 지금부터 충성을 바쳐 모셔야 할 너의 새 주인이다. 똑바로 잘해!"

궁뇌천이 마치 알아듣기라도 하는 것처럼 윽박지르듯 말했지만 당나귀는 어떤 반응도 없이 그저 이끄는 대로 뚜벅뚜벅 걸어갈 뿐이었다.

반야는 무언가 싱거웠지만 어쨌든 자신의 눈과 발이 되어줄 것이란 말에 당나귀의 목과 등을 조심스레 더듬어보았다.

"그런데 어째서 너 혼자 객관에 남아 있었던 것이냐?"

궁뇌천의 질문에 다시 울먹일 것처럼 시무룩하게 고개를 떨구는 반야. 말을 꺼내놓을 수가 없는 탓이다. 어찌 십대부호들 중 자신의 고모할머니인 보성염가 염설희 가주가 연루되었을지도 모른단 말을 할 수 있을까.

반야가 묵묵히 고개를 처박고 있을 때 문득 그녀의 귀를 뜨끔하게 하게 만드는 말이 뒤에서 읊조려졌다.

"사왕, 이 아이가 며느리 될지도 모른단 그 아이인 거요?"

며느리?

반야가 놀라 고개를 쳐드는 사이 궁뇌천의 대답이 서슴없이 이어졌다.

"그렇다."

"흠, 낭왕의 피붙이라……."

휘둥그런 눈의 반야가 돌아보았다.

은환마제 독조 서후연이 그런 그녀를 보며 누런 이를 드러내고 웃었다.

"왜, 내 얼굴이 보고 싶으냐?"

"저희… 할아버지를 아시나요?"

"으응, 아니다. 다만 빚이라고 한다면 그런 것이 조금 있다고 할 수 있지."

알 수 없는 말에 갸웃 고개를 까닥이는 반야. 꺼림칙한 느낌 때문이었다.

하지만 이내 반야는 볼을 발그레 물들였다. 며느리라니? 며느리라고?

그 말 덕분에 반야는 외수에 대한 걱정을 한동안 잊은 채 갈 수 있었다.

*　　　*　　　*

콰콰쾅! 콰콰쾅!

폭발과 굉음이 거듭되는 벌판.

구대통과 무양, 명원. 무림삼성 세 사람은 미치고 팔딱 뛸 노릇이었다. 끝나지 않는 싸움. 어느새 날이 저물어가고 있는데 하루 종일 싸우고도 결판을 내지 못하고 있는 탓이었다.

아무리 지랄 발광을 해도 제압을 하기는커녕 되레 목이 날아갈 뻔한 적이 훨씬 더 많았다.

싸움으로 인해 완전히 초토화되어 버린 땅. 궁외수가 깔아놓았던 살수들의 시체도 뒤집어진 땅거죽에 파묻히고 날아가버려 그 흔적조차 보이지 않을 지경이었다.

"오라버니, 어떡해야 될까요? 이대론 제압이 불가능할 것 같은데?"

명원이 못 참고 건넨 말이었다. 이미 숨이 턱까지 차오른 상태. 그건 구대통과 무양도 마찬가지였다. 아무리 초극에 이른 인간이라도 끊임없이 공력을 발산할 수는 없는 법. 기진맥진 쓰러지기 일보직전이나 다름없는 세 사람이었다.

그런데 거기에 반해 궁외수는 그저 놀라움 그 자체였다. 자신들 셋을 상대하면서도 오히려 공력이 줄어들기는커녕 더욱 독기를 품고 달려들고 있었다.

놀랍도록 상승한 무위. 영마기가 폭발한 그는 어느새 자신들이 감당할 수 없는 실제가 되어 있었다.

구대통이 결국 절대 내뱉고 싶지 않은 말을 뱉었다.

"피하자. 오늘은 여기까지다."

한계를 인정하고 싶지 않은 처절함. 영마 궁외수에 대한 두려움. 무림의 미래에 대한 우려. 형언할 수 없는 착잡한 심경으로 구대통을 비롯한 무양과 명원은 마지막 힘을 쏟았다.
  쿠아앙! 콰앙!
  불기둥 같은 강기성강의 격돌. 마치 거대한 뇌전들이 일시에 한자리로 내리꽂혀 폭발한 것 같았다.
  그 엄청난 공력의 폭발 앞에 설핏 궁외수의 신형이 튕겨진 듯 보였다.
  하지만 극히 짧은 순간이었을 뿐 다시 땅을 박차고 폭발 속으로 뛰어들었다.
  그런데 검을 휘두른 궁외수 앞에 무림삼성이 꺼진 듯 자취를 감추고 없었다.
  "……?"
  사라진 세 사람을 찾아 두리번거리는 외수.
  "……."
  감쪽같았다. 사방을 돌아보고 하늘도 쳐다보았지만 어디에도 그들의 모습은 보이지 않았다.
  "끄르르……."
  야수의 성난 호흡처럼 끓는 신음을 흘리는 외수. 그러나 그 순간은 짧았다. 상대가 사라졌는데 어쩔 것인가. 외수는 쏟아지는 혈광을 번뜩이며 다른 먹잇감을 찾아 등을 돌렸다.

잠시 후, 외수가 떠나고 난 자리의 바로 옆 흙더미들이 들썩거리며 일어났다.

뒤집어진 땅거죽 속에서 빼꼼히 고개를 쳐드는 구대통.

그리고 그 옆 멀지 않은 곳에서 무양과 명원도 얼굴을 쳐들었다.

흙을 뒤집어쓴 무림삼성. 꼴이 말이 아니었다.

흙 따위를 뒤집어썼다는 게 문제가 아니라 자신들이 상대를 피해 흙구덩이 속에 대가리를 처박았다는 게 문제였고 한없이 부끄러웠다.

구대통이 쭈뼛거리며 먼저 일어났다.

"젠장, 그 망할 놈 때문에 이게 무슨 꼴이람."

툭툭 옷을 털며 쑥스런 짜증을 뱉어보는 구대통. 무양도 다소 얼굴이 벌게져 있었고 명원은 아예 고개를 돌려 딴청을 피워대고 있었다.

무양이 외수가 떠나간 방향을 보며 그답게 혼잣말처럼 중얼댔다.

"솔직히 무섭군. 이제 어떻게 대처해야 할지 모르겠어."

구대통이 성질을 더했다.

"그래. 갈수록 태산이야! 영마로 화한 놈에, 마도의 절대공포로 의심되는 인간에! 당최 어떻게 돌아가는 것인지, 쳇! 이참에 다 신경 끊고 은거(隱居)나 해버리든지 해야지 원. 망할!"

"은거?"

"그래! 이제 새파란 어린놈에게 이런 수모를 당하는 우리가 무슨 소용이야. 차라리 뒷방 늙은이로 처박혀 죽는 날짜나 기다리는 게 낫지. 어디 우릴 대신할 성성한 놈들 없나 좀 찾아봐!"

"……."

말이 없는 무양. 물론 의미 없이 지껄인 말이긴 했으나 지금 심정을 솔직히 대변한 말이기도 했다.

그때 혼자 멀리서 웅크리고 있던 미기가 달려오며 염장을 질렀다.

"좋은 생각이야. 크큭!"

행여 다칠까 봐 뒤에 따로 처박아두었던 그녀였다. 그런데 튀어나오자마자 염장질이었고, 구대통이 도끼눈을 했다.

"좋냐?"

"아니! 그보다 훨씬 흥미진진해!"

"뭐야?"

"키킥, 도대체 어디까지 그의 능력이 상승할지 궁금하잖아. 이제 어쩔 거야? 셋이서도 못 당할 정돈데? 크크큭."

통쾌해 죽겠단 듯 혼자 낄낄대는 미기.

속에 천불이 나는 무림삼성이었지만 할 말이 없었다. 그게 이제 현실이었으니.

대충 흙을 털어낸 명원신니가 무안한 기색을 지우고 먼저 움직였다.
"이러고 있을 거예요? 어서 쫓아가야죠."
그제야 슬그머니 따라 움직이는 구대통과 무양.
어쩔 수 없었다. 창피하고 허무하더라도 여기서 궁외수를 포기하고 내버려 둘 수 없으니.
세 사람은 '얄미운 미기'가 쫓아오든 말든 뒤도 돌아보지 않고 서둘러 궁외수의 뒤를 쫓아 달려가기 시작했다.

*　　*　　*

"그것참, 고집이 대단하구려."
모닥불이 활활 타오르는 어둠 속이었다. 인가가 없어 야산에 노숙을 하는 자리.
편무결은 의원을 찾아가자고 해도 한사코 자기 길만 재촉해 온 조비연을 쳐다보며 한숨을 푹푹 쉬었다.
모닥불 옆 바위에 기대어 누운 그녀였다. 상처의 피는 멎었지만 극심한 통증이 따르고 있을 것이었다.
그런데도 신음 한 번 흘리지 않는 그녀. 오히려 편무결을 귀찮다는 듯 쫓아 보내려 했다.
"신경 쓰지 말고 갈 길 가보세요."
굉장히 냉소적인 조비연.
편무결이 쓸쓸히 웃었다.

"어찌 그러겠소. 어차피 극월세가로 가는 길 아니오? 같이 갑시다."

"……."

이마 위에 팔을 올리고 눈을 감은 비연. 상처의 고통 때문인지 심경의 괴로움 때문인지 가끔 미간이 찌푸려지는 걸 무결은 보고 있었다.

"아직 이름도 모르는구려. 어찌 되시오?"

"……."

여전히 대꾸 않는 비연. 감은 눈조차 변화가 없었다.

그런데 그때 불빛 밖에서 누군가 나뭇가지 밟는 소리가 들렸다.

사람인지 짐승인지 분간이 안 되는 상황. 편무결이 소리가 난 방향을 주시하고 있을 때 문득 조비연이 눈을 뜨고 벌떡 상체를 일으켰다.

"끄으, 크르륵……."

익숙한 신음 소리. 그리고 불빛에 번뜩이는 혈광.

"구, 궁외수?"

어둠 속에서 나타난 사람은 검을 든 외수였다.

놀란 편무결이 벌떡 일어나 엉겁결에 검을 뽑았다.

"이봐, 궁외수! 나, 날 알아보겠어?"

편무결이 외수의 상태를 확인하려 했지만 외수의 눈은 조비연에게 박혀 움직이질 않았다.

편무결은 긴장했다. 폭주해 미쳐 날뛰는 궁외수를 보았기에 이 순간 무슨 일이 일어날지 몰라 마음의 준비를 단단히 했다.

그런데.

"내가… 이런 거지?"

비연은 외수의 눈 속 혈광이 많이 사그라진 것을 보았다.

"내가, 내가… 널 이렇게 만든 거지?"

"……."

비연은 대답하지 않았다. 눈물이 솟을 것 같아 아예 질끈 감고 고개를 돌려 버렸다.

일어서지도 못하는 두 다리. 그리고 오른쪽 팔과 얼굴 한쪽. 벌건 피에 젖은 천으로 칭칭 감아놓은 모습은 너무나 초췌하고 처량했다.

외수는 전과 달리 아주 어렴풋하게나마 기억을 갖는 모양이었다. 그의 눈에 맺혀 오르는 눈물. 자아를 빼앗겨 버린 것에 대한 아픔이었다.

털썩 무너지듯 무릎을 꿇고 주저앉은 외수.

"비연…… 미안해."

외수는 소리만 내지 않을 뿐 거의 통곡을 하듯이 울고 있었다. 비연을 보며 하염없이 떨어뜨리는 눈물이 그것을 증명했다.

비연은 이를 악물고 눈물을 참았다. 여기서 눈물을 보일 순 없었다.

고개를 돌려 냉정히 외수를 보는 비연.

"난 괜찮아. 멀쩡하잖아. 죽지도 않았는데 뭘. 이깟 상처쯤 온갖 흉악한 범죄자들 쫓아다니며 무수히 당했던 것들이잖아."

외수의 억장이 더 무너졌다. 인내할 수 없는 고통 탓에 사지까지 벌벌 떨고 있었다.

"용서할 수 없어. 이깟 몸뚱이!"

외수가 검을 쳐들었다. 자기 몸에 쑤셔 박아 자해를 하려는 것이었다.

하지만 비연의 칼날 같은 고함이 그 행위를 저지했다.

"너 이 새끼!"

"……."

검을 쳐들고 바들바들 떠는 궁외수.

"이렇게 못난 인간이었어? 내게 한 약속 까먹었어? 언젠가 내 소원 들어주기로 했지? 그거 안 지키고 뒈질 거야?"

"……."

"정신 차려! 지금 이러고 있을 때야? 편가연의 목숨이 경각에 달렸잖아. 어디서 어찌될지 어떻게 알아. 그녀를 지켜! 그녀부터 살려! 그녀를 못 지켰잖아. 두 번씩이나 실수하지 마!"

"……?"

부릅뜬 외수의 두 눈 속에 혈광이 다시 짙게 돌았다.
"비연……."
"빨리 가봐, 이 새끼야! 이러고 있을 시간 없어!"
거듭되는 비연의 악.
외수는 눈물을 훔치고 그녀를 보다가 부서져라 이빨을 깨문 채 천천히 일어났다.
다시 비연을 확인하는 외수.
하지만 비연은 눈 하나 깜빡 않고 노려보았다.
힘없이 외수가 돌아섰다.
"부탁하오."
편무결에게 던진 말이었다.
"으응, 거, 걱정 마."
더듬대며 대답하는 무결을 슬쩍 돌아본 외수가 그대로 어둠 속으로 사라져 갔다.
그가 떠나고 나자 이번엔 비연이 입술을 깨문 채 달달 떨었다.
멈추지 않는 눈물. 애써 손등으로 거듭 훔쳐보지만 소용없는 일이었다.
물끄러미 내려다보고 선 편무결.
그를 의식한 비연이 또 악을 썼다.
"당신은 왜 안 가는 거죠? 사촌의 안위가 궁금하지 않아요?"

"……."
말이 없는 편무결.
그저 힘없이 서서 지켜보다가 한참 후에 한마디를 던졌다.
"그를 사랑하는구려."
"……?"
째려보는 비연. 하지만 입술은 터질 듯 울먹이고 있었다.
"잠시 멀리 가 있으리다. 울고 싶으면 맘껏 우시구려."
무결이 지체 없이 돌아서 어둠 속으로 떠나갔다.
모닥불로는 걷어낼 수 없는 산중의 어둠. 그 어둠을 뚫고 한 여인의 흐느낌만이 끊임없이 퍼져 나갔다.

　　　　　*　　*　　*

밤을 새워 움직이는 마차. 어둠 속이라 달릴 수도 없었다.
이미 말도 지치고 사람도 지친 상태였지만 멈출 수는 없었다. 편가연의 목숨이 경각에 달려 있기에 무조건 최선을 다해 한 걸음이라도 더 가야 했다.
마차 안의 편가연은 의원들이 최선을 다하고 있지만 의식을 잃은 상태였다. 성분을 분석할 수 없는 극독인 탓에 그저 독이 퍼지는 걸 막기 위해 안간힘을 쓰고 있을 뿐.
온조는 날이 밝고 안전한 곳이 나오면 마지막 휴식을 취할 작정을 하고 수하 위사들을 독려했다.

"조금만 더 가자! 이 협곡을 벗어날 때쯤이면 날이 밝을 테고 너른 평지가 나올 것이다. 모두 힘을 내라!"

"알겠소, 온 위장! 우리 걱정은 마시오!"

씩씩하게 따르는 위사들이었다.

온조는 편가연 말고도 궁외수가 궁금했다. 그는 어쩌고 있는지…….

그나마 그가 막아주었기에 상황이 이 정도였다. 그가 아니었다면 그 섬뜩한 살수들 속에서 편가연은 물론이고 단 한 명도 살아남지 못했을 것이었다.

이번엔 위사들의 희생이 거의 없었다. 암기의 독침이 난사될 때 죽은 이는 단 두 명. 그렇게 희생을 줄일 수 있었던 것도 궁외수 공자의 혜안 덕분이었다. 그가 준비해 옷 속으로 두르게 한 호신갑(護身甲)이 없었다면 아마 대부분의 위사들이 그 자리에서 절명했을 것이었다.

난사된 독침은 철판으로 된 호신갑을 뚫지 못했고 얼굴과 다리 등에 맞아 절명한 두 사람이 전부였다.

아마 궁외수는 지금도 혼자서 살수들을 대적하고 있을지 몰랐다. 빈민과 군중들 속에 위장해 있다가 스멀스멀 일어나던 무리들. 무려 이백여 명이나 되던 그들이 혼자인 그를 놓아줄 리 없었고 궁 공자도 물러서지 않았으리라.

이겨내고 돌아오기를.

그가 없는 행렬은 늘 불안했다. 처음부터 그에 의해 지켜져

온 것들 아닌가.

어느덧 날이 서서히 밝아오고 있었다. 그때부터 온조는 행렬의 속도를 조금 올렸다.

　　　　　＊　　＊　　＊

갑자기 비가 쏟아지고 있었다. 적지 않은 겨울비.

그 속을 외수는 미친 듯이 달려가고 있었다. 영흥으로 가고 있을 극월세가의 행렬을 쫓는 것이었다.

그런데 시야가 흐려지고 있었다. 아무것도 보이지 않을 만큼.

비 때문이 아니었다. 외수는 끊임없이 울고 있었다. 이를 악물어도 왈칵왈칵 자꾸만 솟구치는 눈물. 얼굴에 부대끼는 빗줄기 때문에 같이 쓸려 날아가는 눈물이었지만 비연을 그렇게 만든 죄책감과 스스로를 망실(亡失)해 버리는 천형(天刑)에 대한 분노를 견딜 수 없었다.

용서가 되지 않았다. 손가락으로 눈을 찔러 버리고 뇌를 터뜨려 버리고 스스로 심장에 검을 박아버리고 싶은 참혹한 심정.

어찌 용서받을 것인가. 무엇으로 보상할 것인가. 죽을 만큼 심장이 찢어졌다.

다시 벌겋게 혈광이 올라오는 두 눈. 빗물에 쓸려나가는 눈물조차 핏빛인 듯했다.

* * *

 길이 엉망이었다. 잠깐 소나기처럼 퍼부은 비는 새벽으로 치달리며 눈발로 바뀌었으나 질퍽대는 바닥이 행렬의 이동을 더욱 힘들게 했다.
 "머, 멈춰라!"
 동이 튼 새벽의 협곡 어둠이 걷힘과 동시에 행렬의 진행을 다그쳐 가던 온조가 협곡이 끝날 즈음 급작스레 진행을 멈췄다.
 앞을 가로막은 십여 명 때문이었다.
 복면을 한 자들. 하지만 지금까지 나타났던 살수들과는 다른 분위기를 풍기는 자들.
 온조는 남궁세가에서 금릉으로 향하던 길에 등장했던 자들을 기억했다. 낭왕을 죽음으로 몰아간 그 끔찍했던 자들. 전 호위장 담곤이 일격에 나가떨어졌고 그 많던 위사가 속수무책 당해야만 했던 무시무시한 인간들.
 괴이한 무기, 여유 넘치는 자세……. 그들이 틀림없었다.
 온조는 빨리 판단해야 했다. 마차를 보호하며 진형을 갖춰 맞서 싸울 것인가. 아니면 이대로 달려 뚫고 나갈 것인가.
 둘 다 가능성이 떨어지는 건 마찬가지였으나 따로 도주를 할 길도 없으니 어쨌든 둘 중 하나를 선택해야 했다.
 느물거리는 자세로 막아선 자들은 정확히 열 명. 그리고 우두머리인 듯한 자가 뒤쪽 길가 작은 바위에 걸터앉아 있었다.
 온조는 잘하면 치고 나갈 수 있을 것 같기도 했다.
 그런데 그때 멈춰선 행렬의 뒤로 괴인 십여 명이 더 나타났다.
 당황하는 위사들.
 온조는 이를 악물었다. 지금까지 모든 것이 궁외수 공자에 의해 지켜져 왔다면 이제부턴 스스로 알아서 해야 했다.
 과연 이겨낼 수 있을 것인가.
 "흔들리지 마라! 준비한 대로 대응 진형을 갖춰!"
 온조는 고함을 지르고 두 대의 마차 중 편가연이 탄 뒤쪽 마차 쪽으로 이동했다. 그리고 마차 위의 선배 위사들에게 나직이 뇌까렸다.
 "싸움이 시작되면 무조건 먼저 빠져나가야 하오. 쫓지 못하도록 우리가 뒤에서 필사적으로 막을 테니까 가능한 멀리 달아나 주시오."
 "그러지. 그런데 솔직히 얼마나 갈 수 있을지 모르겠다. 말들이 저리 지쳐 있으니."
 "……."
 "갈 수 있는 데까진 가보겠다."
 마부석 두 사람의 말에 온조는 마차를 끄는 두 필의 말을 쳐다보았다. 하지만 다른 수는 없었다. 어쨌든 감당 안 되는 적들을 상대로 여기서 맞서다간 어느 누구 하나 살아남지 못할 것은 뻔했기 때문에.

그때 시시가 마차의 휘장을 걷고 초췌해진 얼굴을 내밀었다.

"온 위장님, 또 살수들이 나타난 건가요?"

끄덕.

"가주의 상태는 어떠시냐?"

"……."

온조의 물음에 울음을 머금은 얼굴로 고개만 저어대는 시시. 여전히 의식불명이란 뜻이었다.

생사를 가늠할 수 없는 지경에 빠진 편가연. 잠시도 지체해선 안 되는 그녀의 상태이고 보면 온조로선 무조건 뚫고 나가는 수밖에 없었다.

"가주를 잘 붙들어라. 마차가 심하게 요동칠 것이다."

"알겠습니다, 온 위장님!"

시시가 다시 휘장을 치고 모습을 감추자 온조는 가까이 있는 수하들에게 또 한 번 뇌까렸다.

"너희 십여 명은 무슨 일이 있어도 마차에서 떨어지지 마라. 마차가 움직이는 대로 따라 움직이고 마차가 빠져나갈 수 있도록 단 한 명도 달라붙지 못하게 해!"

"명심하겠소."

위사들이 안구에 힘을 주며 각오를 다질 때 전방을 가로막은 열 명의 괴한 뒤 우두머리로 보이는 자가 일어났다.

"후후후, 이거 거저 떡을 주워 먹는 기분이군. 이러면 너무 쉽잖아."

느긋한 태도로 앞으로 나오는 사내. 천천히 검을 뽑아내는 모습도 수백 년 묵은 능구렁이처럼 느긋하기만 했다.

그런데 검을 뽑아 드는 순간, 온조와 위사들은 경악했다.

검신을 휘돌며 표출되는 강기. 하늘을 향해 치솟는 것처럼 거대하고 강렬했는데, 태연하기만 하던 사내는 서슴없이 검을 내려쳤고 뿌려지듯 발출된 강기는 곧장 두 대의 마차를 향했다.

체격이나 음성으로 봐선 연륜이 많지 않은 젊은 사람 같은데 상상도 하지 못한 엄청난 공력이었다.

"안 돼!!"

온조와 위사들이 동시에 고함을 내질렀다. 강기가 마차를 덮치면 어떻게 될지 불을 보듯 빤한 것. 대여섯 명의 위사가 막으려 달려들었다.

하지만.

콰콰콱! 퍼퍼퍼퍽!

강기에 휩쓸려 갈라지고 터져 날아가는 위사들.

강기의 위력은 생각보다 훨씬 강했다. 위사들뿐만 아니라 말도 같이 휩쓸려 날아갔고 송일비와 의원들이 탄 마차 일부까지 파괴했다.

　상황이 이렇게 되자 온조로선 더 멈춰 있을 수 없었다. 한 번 더 그 같은 강기가 뿌려지면 편가연을 태운 마차까지 꼼짝달싹할 수 없는 상황에 빠지게 될 것이었다.

　"달려! 치고 나간다!"

　명령이 떨어지기 무섭게 마부석의 위사들이 고삐를 잡아챘다.

　"이랴!"

　사십여 명 위사가 일제히 마차와 함께 움직였다.

　다시 달리는 행렬.

　하지만 무망곡 산채에서 스무 명의 무망살을 불러온 편무열은 여전히 느긋했다.

　마치 재롱떠는 어린아이 보듯 하다가 다시 검을 슬그머니 쳐들었다. 그리고 그것을 신호로 후미 쪽으로 복면 괴인들이 먼저 행렬을 쫓아 덮쳐들었다.

　마치 몰이꾼들이 사냥감을 사냥꾼에게로 몰아가듯 덮쳐오는 자들.

　그래도 온조는 어쩔 수 없었다. 선택의 여지가 없는 길. 범의 아가리 속이라도 뚫고 나가야 했다.

　그때 사내의 이글대던 검강이 정면에서 다시 뿌려졌고 선두의 위사들이 이를 악물고 대응해 갔다.

　카앙! 콰쾅!

"끄악!"

위사들의 무위로 감당할 수 있는 위력이 아니었다. 다행히 강기의 방향은 틀어졌으나 두 명의 위사가 또다시 절명하고 말았다.

거기에 강기를 뿌린 사내만큼이나 느긋하던 괴인들이 거대한 낫 모양의 겸(鎌)과 같은 무기를 양손에 들고 본격적으로 행렬을 차단하고 나섰다.

슈아악! 슈칵! 콰콱!

위사들이 탄 말의 목을 베고 위사들을 쓰러뜨리며 일시에 대열을 흐트러뜨리는 괴인들.

"멈추지 마라! 밀고 나가!"

온조가 고함을 지르며 독려했으나 애끓는 희망사항일 뿐이었다. 사슬이 연결된 괴이한 무기를 휘두르는 괴인들의 무위는 달려드는 위사들을 말과 함께 베어 넘어뜨릴 정도였고, 그 나뒹구는 시체들 때문에 진행이 너무도 쉽게 막히고 있었다.

그래도 달리 수가 없다. 뒤돌아 달릴 수도 없고 양쪽은 절벽으로 막혀 있으니 오로지 뚫고 나가는 수밖에 없다.

온조가 선두를 지원하기 위해 앞쪽으로 달렸다.

그런데 그때 엄청난 공력의 고함이 협곡에 울려 퍼졌다.

"멈춰! 모두 마차 옆으로 붙어!"

흩날리는 눈발이 일순 몸서리를 치고 양쪽의 절벽이 부르르 떨며 흙더미를 떨어뜨릴 정도의 무시무시한 광마후(廣魔吼)!

뒤쪽이었다. 지금껏 행렬이 달려온 길을 미친 듯이 달려오는 까만 점 하나.

온조와 위사들의 안색이 일순간에 펴졌고 시시가 마차 밖으로 얼굴을 내밀었다.

"공자님!"

궁외수. 틀림없는 궁외수였다.

그가 말도 타지 않은 채 혼신의 힘을 다해 쏘아져 오고 있었다.

온조가 다시 위사들에게 고함을 질렀다.

"모두 마차 옆으로 모여라!"

심장이 뛰는 온조였다. 천하에서 가장 믿을 수 있는 사내. 어떤 상황에서도 자신이 지키고자 하는 것을 지켜낼 수 있는 사내. 그가 나타났기 때문이었다.

"마차를 절벽으로 붙여!"

다시 터진 그의 고함에 온조는 즉시 그 뜻을 알아듣고 마차를 이동시켰다. 그의 싸움 방식, 그의 대응 방식을 익숙히 아는 탓이다. 적의 공격 범위를 최대한 줄이는 것.

"마차를 둘러싸!"

온조의 명령에 위사들이 일사불란하게 마차 앞을 막아섰다.

맹렬한 속도로 달려오는 궁외수. 그가 나타나는 순간 복면

속 편무열의 안색이 굳어졌다. 달려오는 속도도 속도지만 그가 터뜨린 고함의 공력 수위가 예상보다 훨씬 거대했기 때문이다.

놈과 처음 마주친 게 고작 일 년여 전. 그리고 무림 후기지수 대회를 통해 낭왕의 일원무극신공을 획득하는 것을 본 것이 불과 얼마 전인데, 애초 내력은커녕 변변한 무공 초식 하나조차 모르던 놈이 이와 같은 상상도 못할 성장을 하고 있다는 게 뜻밖의 두려움을 갖게 했다.

하지만 편무열은 웃음을 지었다.

"흐흐, 그래. 그래야 맛이 좀 나지. 네놈도 반드시 내 손으로 죽이고 싶었거든. 흐흐흐."

혼자 이죽거린 편무열이 즉시 후방의 무망살들을 향해 고함을 내질렀다.

"놈부터 죽여!"

궁외수의 무위를 확인하고 싶은 편무열이었다. 그동안 수차례 기습과 암습을 다 막아내며 어지간히도 속을 썩였던 인간. 과연 어떻게 했기에 그게 가능했던 건지 몹시 궁금하기도 했다.

명에 따라 즉시 무망살들이 공력을 끌어올리며 쏘아져 오는 궁외수를 맞을 준비를 했다.

전국 각지에서 고르고 골라 온갖 영약을 먹이고 혹독한 수련을 시킨 자들.

고작 서넛으로 초극고수를 상대할 수 있을 만큼의 강력한 무위를 갖추기 위해 온갖 심혈을 기울여 키운 비명병기들이었다.

그래서 편무열은 느긋했다. 그들 열 명이면 궁외수가 아무리 날고 기는 놈이더라도 갈기갈기 찢어놓을 것이란 확신이 있었고, 설령 그렇지 못하더라도 자신이 나서 목을 따버리면 그만이란 생각이었다.

타고난 승부욕의 편무열. 지고는 못 사는 성격인 그가 무망살들이 표출한 강기를 보며 싱긋이 미소를 물었다.

'흐흐흐, 어떻게 끝장이 나는지 한번 지켜볼까.'

오만함 때문에 편가연에 대한 생각조차 잠시 접어둔 편무열. 구절신공이란 무왕 동방천의 절대비공을 몸에 지닌 뒤부턴 이미 자신이 천하제일인이고 세상 어디에도 자신을 감당할 자가 없다고 굳게 믿는 그였다.

실제 의천왕 중의 한 명인 암왕 당호를 죽여 자신의 수위를 확인했기에 교만이나 다름없는 그의 자신감은 더욱 하늘을 찌르는 중이었다.

슈슈슉, 휙휙!

외수의 운신은 대단했다. 굳이 신법이랄 것도 없는 둔탁한 경공술이었으나 한 번 지면을 박찰 때마다 십여 장의 거리를 뛰었는데, 그 속도가 파공성이 일어날 만큼 대단히 빨랐다.

부우우우―

외수의 검에 강기가 표출되며 흘리는 소리였다. 강기에 바람이 타는 소리였는데 쏘아지는 속도 때문에 그 소리는 더욱 크게 들렸다.

외수는 복면을 한 괴인들이 자신을 향해 태세를 갖춘 걸 보면서도 속도를 줄이지 않았다. 오히려 날리는 눈발이 자신을 따라 휩쓸려 올 정도로 더욱 맹렬히 달렸다.

이윽고 낫과 도끼 등을 휘두르며 외수를 향해 뛰어오르는 무망살들.

슈아악! 쐐액! 콰앙!

외수의 운신이 빛과 같았다. 부딪치는가 싶더니 무리 속을 파고들어 또 다른 빛을 마구 뿌려댔다.

슈카각! 콰콱! 콰콰쾅!

무지막지한 공력 속에서 정신없이 뿌려지는 검린들. 상대의 무기를 베고 강기를 뚫고 육신마저 무참히 도륙해 버리는 끔찍한 공력이었다.

당황한 건 무망살들뿐만이 아니었다. 편무열이 눈알이 빠져나올 듯 기겁했다.

엄청난 운신, 무지막지한 공력, 거기에 눈알이 튀어나올 만큼 신묘한 작용을 하는 기검(奇劍).

"……?"

순식간에 대여섯 명의 무망살이 쪼개졌다. 편무열 자신이 날아가기엔 늦었다.

주춤대는 편무열. 충격이 아닐 수 없었다.

무림 최고수들이라는 의천왕에 버금가는 무위이지 않은가. 고작 약관을 넘긴 어린놈이 그와 같은 공력이라니, 보고서도 믿기지 않았다.

가히 절대고수의 모습.

궁외수가 열 명의 무망살을 모조리 도륙하는 덴 그리 오랜 시간이 걸리지 않았다. 거의 한 번 휘두를 때마다 두세 명씩 도륙되어 흩어졌고, 그 흩어지는 모습 또한 무지막지한 공력에 처참하기 그지없었다.

상황이 종료되고 외수가 멈추어 검을 늘어뜨리자, 마차를 둘러싼 위사들이 자기들도 모르게 일제히 함성을 질렀다.

천신(天神) 같은 모습. 누구라도 베어버릴 것 같은 그 압도적인 모습에 환호가 나오지 않을 수 없었다.

하지만 외수의 눈은 편무열과 나머지 무망살들에게 박혀 있었다.

붉게 이글대는 눈. 그제야 편무열은 외수의 번뜩이는 혈안을 보았다.

결코 정상일 수 없는 눈.

"흐흐흐, 미쳐 날뛰는 거였군. 뭐지? 주화입마에 빠지기라도 한 건가?"

편무열은 영마의 기운이라는 걸 전혀 눈치채지 못했다. 영마에 대해 특별히 지식을 갖고 있지 않았기 때문에 현재 외수의 상태가 그저 내력이 폭주하는 상태이고 그런 폭주는 오래가지 못한단 판단뿐이었다.

"어쩐지, 어울리지 않는 공력이라더니. 흐흐흐, 미친놈!"

명백한 오판이었다. 외수의 영마지기는 현재 십분의 일도 끓어오르지 않고 있는 상태였고, 한 번 자아를 찾은 후 최선을 다해 억누르고 있는 상태였기 때문에 편무열이 지금 보는 것은 극히 일부의 기운일 뿐이었다.

"공자님?"

시시가 결국 위사들이 둘러싼 마차에서 뛰어나왔다.

분노에 이글대던 외수의 눈이 잠시 방향을 틀었다.

"편가연은?"

온조가 즉시 대답했다.

"아직 명이 붙어 있긴 합니다만 위급합니다."

외수의 시선이 시시가 열고 나온 마차 문 안으로 천천히 옮겨졌다.

의원들 사이에 쓰러져 있는 편가연. 파리한 안색. 독성이 이미 전신으로 퍼져 목숨이 경각에 이르렀음을 말해주고 있었다.

"시시, 거기 있어. 마차에서 떨어지지 마."

자신에게 다가오는 시시를 제지한 외수. 그녀가 멈춰 서자 외수의 눈은 다시 편무열과 무망살들에게로 돌려졌다.

기어이 이 모든 사건의 주체인 편무열과 마주선 외수. 아직 그 실체가 편무열과 편장우라는 것은 모르지만 외수는 지금 눈앞에 있는 자가 이 모든 일의 주모자라는 것을 직감적으로 알 수 있었다.

그래서 검을 쥔 손에 힘이 더욱 들어갔다.

"기다렸다, 쥐새끼!"

편무열의 눈살이 바로 일그러졌다. 자신이 발바닥의 때보다 못한 존재로 하찮게 여겼던 인간이 뱉은 모욕을 인내할 수 없는 탓이다.

"크크큭, 하룻강아지가 이빨이 좀 생겼다고 곧 뒈질 줄도 모르고 깝죽대는구나. 여기가 네놈과 편가연의 무덤임을 모르겠느냐?"

이번엔 외수의 눈자위가 실룩였다. 어딘지 낯설지 않은 말투와 외모였기 때문이다.

"그런데 왜 복면을 하고 있지?"

"……."

"끝장을 보러 왔다면서, 무엇이 두려워서 낯짝을 가리고 있는 것이냐고? 어디 어떤 쌍판인지 한번 볼까. 혹시 우릴 다 죽이지 못할지도 모른단 두려움이라도 갖고 있는 건가?"

발끈한 편무열. 자기도 모르게 복면을 벗어던지려 손이 움찔했다.

하지만 말려들지 않고 이내 마음을 가라앉히는 편무열이었다.

"크흐훗, 영악한 놈이군! 상대를 자극하는 수작도 부릴 줄 알고."

"뭐 아무래도 상관없어. 어차피 네놈들의 실체는 거의 다 드러났고, 그 주체마저 내 눈앞에 있는 이상 내 손으로 잡아 죽여 벗겨보면 알 테니까!"

파바바박!

편무열의 발밑에서 일어나는 소음. 늘어뜨린 검에서 표출된 강기가 땅바닥을 파고들며 일으키는 소음이었다.

궁외수의 도발에 흥분을 주체하지 못하는 것. 급하고 과격한 편무열다웠다.

그래도 편무열은 오만함을 내려놓지 못했다. 자신이 최고이고 최강이란 자만. 무왕의 절대비공과 사하공 최고의 걸작 무적신갑을 두르고 있다는 믿음이 눈앞에서 무망살 열 명을 단숨에 도륙한 궁외수까지 가소롭게 여길 정도였다.

"크크크큭, 어디 네 잘린 머리통이 내 손에 쥐어져 덜렁거릴 때도 그처럼 지껄이는지 보자!"

편무열이 거침없이 다가섰다. 무망살들에게 가만있으란 눈짓까지 해놓고선.

외수라고 가만있지 않았다. 영마지기로 인해 천생 두려움이라는 걸 모르는 그는 편무열보다 더 빠른 걸음으로 마주쳐 갔다.

서로가 원하고 있는 끝장.

극월세가의 막대한 부(富)를 바탕으로 천하를 지배하려는 편무열의 야욕, 그리고 곤양이란 깡촌에서 불려나와 뜻하지 않게 그에 맞서는 자가 되어버린 궁외수.

피할 수 없는 숙명과도 같이 얽혀 버린 두 사람의 생사를 건 혈투가 비로소 시작되고 있었다.

第七章

숙명이 이끈 대결

그가 걷는 여정에 내 눈물을 보탤 순 없어.

—철랑 조비연

"저것들은 뭐야?"

무림삼성과 함께 협곡 위에 몸을 웅크린 미기. 그녀는 복면을 한 편무열과 무망살들을 내려다보며 참지 못하겠다는 듯 벌떡 일어섰다.

하지만 구대통이 그녀를 억지로 잡아당겨 다시 주저앉혔다.

"가만있지 못해?"

"왜 가만있어? 어떻게 가만있어? 딱 봐도 지금까지 극월세가를 괴롭혀 온 그놈들인데."

"그래서? 네가 어쩌겠단 건데?"

"어쩌긴. 가서 도와줘야지. 그리고 놈들을 붙잡아야지."
"어떻게?"
"……?"

할 말이 없어진 미기. 버럭 화를 냈다.
"뭐예요. 지금 보고만 있겠단 거예요, 세 분?"
"네 눈만 눈이냐? 그래, 우리도 다 보고 있으니까 제발 나대지 말고 얌전히 있어라, 공주님아! 볼기짝 불나기 전에!"
"잇!"

구대통이 손을 쳐들자 얼른 엉덩이를 두 손으로 가리는 미기.

그녀를 무시하고 명원이 구대통에게 물었다.
"오라버니, 음모의 주체들인 것 같죠?"
"글쎄, 좀 더 두고 보자. 복면을 하고 있으니."
"어쨌든 끝장이 나겠군요. 궁외수 저놈에게 걸렸으니."
"아니다. 무언가 다른 게 있다. 열 명이 한순간에 녀석에게 떡이 되긴 했어도 결코 만만한 놈들이 아니다. 특히 저놈, 혼자 궁외수를 맞아 나서는 꼴이 수상하다. 뭔가 있어!"

구대통의 말에 그와 생각이 같은 무양이 지그시 눈초리를 내리눌렀다. 확실히 예사로워 보이지 않는 놈이었다.

그리고 무양의 그 예감은 정확히 들어맞았다.

부우우우우—

가가각, 그그그극…….

서로 다가서는 두 자루의 검이 내는 소리였다. 외수의 검이 바람을 태우는 소리와 편무열의 검에서 표출된 강기가 땅에 끌리는 소리.

일촉즉발(一觸卽發).

거의 모든 공력을 끌어올린 상태로 마주 다가서던 두 사람이 이윽고 각자의 검을 쳐올렸다.

부악—

외수가 먼저였다. 활활 타오르는 시뻘건 불덩이가 휘둘러지는 것 같은 파공성을 내며 편무열을 향해 그어지는 검.

편무열의 검도 거대한 강기를 표출한 채 공간을 갈랐다.

쐐액—

콰쾅, 콰콰쾅!

작렬하는 섬광과 굉음.

눈이 시리고 귀가 먹먹할 정도였다.

한 번의 격돌로 두 사람은 서로가 튕겨나갔다. 한 치도 물러서지 않은 비슷한 공력이 똑같이 충돌한 탓이다.

"……?"

튕겨난 외수가 불만스럽게 인상을 썼다. 단번에 베어야 하는데 마음대로 되지 않은 것에 대한 화였다.

반면 편무열은 같이 튕겨났어도 웃음까지 터뜨리며 느긋했다.

"크하하하, 횡소천군(橫掃千軍)이라니. 정말 어처구니없는 놈이로군."

 무위와 공력이 몰라보게 상승한 궁외수였지만 편무열이 그의 무공을 모를까. 극월세가에서 짧게나마 부딪쳐 보았고 그의 방에 있던 조잡한 기초 무공을 나열한 '파천대구식'이란 이름의 책을 확인했던 그였다.

 놀라운 놈이었지만 편무열은 자신감이 더 상승했다. 궁외수의 조악한 초식 따위가 자신의 구절신공을 따를 수 없었고, 거기다 그 어떤 공격도 다 차단해 털끝 하나 다치지 않게 해주는 무적신갑까지 있는 이상 자신이 패할 일은 없었기 때문이다.

 '흐흐흐, 등신 머저리 같은 놈!'
 편무열은 궁외수가 죽을 줄도 모르고 불로 뛰어든 부나비 같았다.

 '아주 잘근잘근 다져 주지. 애초에 제 놈 분수가 어떤 것이었는지 뼈저리게 느끼며 죽어갈 수 있도록. 크크큭.'
 편무열이 가소로워하며 즐거움을 물고 있을 때 외수는 자신에 대한 짜증을 더하고 있었다.

 갑자기 현저히 떨어진 힘. 그 때문에 밀려난 궁외수였다.
 공력이 모이긴 했으나 위력이 없었다. 공력을 발산하는 과정까지 전달도 느렸다. 즉 내력 운용이 쉽게 이루어지지 않는다는 것.

폭주 때문인 듯했다. 그 상태에서 살수에게 힘을 쓰고 무림삼성과 하루 종일 싸운 데다 밤새 행렬을 쫓아 달려오기까지 하지 않았던가.

외수는 그동안 폭주 이후 항상 쓰러져 며칠씩 일어나지 못했던 것을 기억했다. 지금이 그랬다. 급속히 기력이 빠져나가는 느낌.

'젠장, 하필이면 이런 때라니.'

이를 악무는 외수. 지금의 이 상태라면 곧 주저앉을 것 같았다.

'안 되지!'

외수는 곧바로 편무열을 덮쳐 갔다.

'빨리 끝내야 해. 모조리!'

급한 마음의 외수. 이가 없으면 잇몸. 언제 자기가 공력 갖고 싸웠냔 듯 두려움이라곤 전혀 없는 도전이었다.

쉬이익! 콰앙 쾅쾅!

외수의 변화를 편무열이 놓칠 리 없었다.

'흐훗, 벌써 폭주한 대가가 나타나는 건가. 이러면 재미없잖아. 실망이군. 그래도 시시하게 끝낼 순 없으니 맞장구 좀 쳐 볼까!'

즐거움이 가득한 편무열이 다소 힘을 빼고 응수를 했다. 무너지는 걸 서서히 즐기겠단 의도였다.

한데 공력이 아니라 궁외수의 싸움 방식이 편무열의 느긋함을 기겁하게 만들었다.

카앙! 쾅! 쾅! 쾅!

우악스런 동작으로 찍어대듯 몰아치던 궁외수. 그런데 한 순간 들이받을 듯 밀어붙이더니 팔꿈치로 면상을 노렸다.

휘익! 쾅!

맞았다면 안면이 뭉개져 버렸을 수도 있는 상황.

외수는 거기서 그치지 않고 장공을 터뜨린 다음 검으로 허리까지 베어갔다.

쾅! 콰앙!

설명은 길었으나 눈 깜짝할 사이에 일어난 연속 타격.

놀란 편무열이 허겁지겁 물러났다.

외수도 멀쩡하게 물러나는 편무열을 보며 어리둥절한 표정을 했다.

"……?"

분명 팔꿈치에 걸리는 게 있었다. 그것도 강력하게.

그리고 장공 역시 정확히 심장 부위를 타격했고, 이어진 검격도 틀림없이 옆구리를 강하게 찍어갔었다.

틀림없이 걸렸다, 끝났다고 생각했는데 편무열은 기색만 흐트러졌을 뿐 너무도 멀쩡한 상태로 물러나고 있었다.

"이게 어떻게… 된 거지?"

이해가 되지 않는 궁외수.

꿀꺽 마른침까지 삼킨 그는 망설이지 않고 재차 확인에 들어갔다.
 휘익—
 쾅! 콰쾅! 쾅쾅쾅쾅쾅!
 미친 듯이 찍어대는 검격. 뿐만 아니라 무극검이 가진 절대신병의 신묘한 작용까지 마구 퍼부어대는 외수였다.
 하지만 그럴수록 외수의 표정은 점점 뒤엉켰다. 물론 편무열이 막고 피하는 것도 있었지만 나름 정확히 빈틈을 헤집고 들어간 검격조차 타격을 입히기는커녕 옷깃조차 건들지 못하는 상황이 연속되고 있었다.
 "……?"
 놀란 외수가 잠시 혼란스러워하는 순간 편무열의 검이 파고들었다.
 콰쾅!
 "크헙?"
 엉겁결에 대응했으나 외수는 온전히 막진 못했다.
 튕겨진 신형에서 튀는 피. 가슴팍에 긴 검흔(劍痕)이 남았다.
 "흐훗, 허술한 놈!"
 한껏 비웃음을 머금는 편무열.
 그 순간을 지켜본 위사들의 기세가 일시에 위축됐다.
 궁외수가 질 수도 있다는 생각 때문이다. 정신없이 쏟아진 맹공에도 털끝 하나 다치지 않은 것은 물론 오히려 태연하다고 느껴질 만큼 여유롭게 받아친 편무열의 무위는 그들의 사기를 꺾어놓기에 충분했다.

쓰러지지 않고 겨우 신형을 바로 잡은 외수의 놀람은 위사들보다 더했다. 가슴의 부상과 그로 인한 통증조차 의식하지 못할 정도의 충격.

"무적… 신갑……?"

외수는 실체를 똑똑히 보지는 못했지만 자신의 공격이 편무열의 몸 앞에서 모조리 차단되고 튕겨지는 것을 확실히 확인했다.

이는 사하공이 말한 무적신갑의 묘용이 아니던가?

슬렁슬렁 유린하려 다가서던 편무열이 움찔 멈춰 섰다.

"네놈이었구나. 손공노와 그의 무관 아이들, 그리고 그 일대 마을 주민들까지 모조리 죽이고 무적신갑을 가져간 자가!"

"……?"

편무열은 당황했다. 궁외수가 무적신갑에 대해 아는 것도 놀라운데 손공노와 마을 일들까지 알고 있다는 것이 충격적이었다.

"네놈이 무적신갑을 어찌 아느냐?"

으드드득!

대답 대신 이를 갈아대는 궁외수. 씹어 먹을 듯한 안광이 편무열을 덮쳐 갔다.

"죽인다. 반드시!"

"그래? 호호호, 어디 어떻게?"

피식 웃는 편무열. 오히려 장난스럽게 검을 까닥이며 그가 먼저 다가섰다.

"같잖은 녀석! 자기 주제도 모르고 나오는 대로 지껄이는구나!"

다가선 편무열이 검을 내지르자 외수가 흔들리는 신형을 의지하고 있던 검을 무시무시한 살기와 함께 쳐올렸다.

"죽여 버린다!"

쐐애액—

사하공의 절대신병 무극검이 한 폭의 눈부신 그림을 펼쳐 놓았다.

검을 쳐올려간 동선을 따라 연이어 빠져나오는 검린들. 강기로 번뜩이는 그 섬광 줄기들은 무려 열두 줄기나 되었고, 그 아름답게 뻗어 나온 줄기만큼 편무열의 육신을 발끝부터 머리끝까지 갈래갈래 썰어버릴 것 같았다.

한데 피하거나 막을 생각도 없이 외수의 목을 노리며 검을 내질러 가는 편무열이었다.

타타타탕!

그가 태연했던 이유는 바로 밝혀졌다. 외수의 검은 물론 발출된 검린들까지 무적신갑의 벽을 뚫지 못하고 모조리 튕겨졌다.

경이로운 작용.

검과 검린들이 육신을 파고들려는 순간 무언가 벽이 쳐지는 짧고 미약한 소리밖에 들리지 않았다.

외수는 자신의 검이 튕겨지고 검린들이 방향이 꺾여 날아가는 것을 똑똑히 목도했지만 그 대가로 편무열의 검을 또다시 허용해야만 했다. 외수의 검을 전혀 신경 쓰지 않아도 되는 편무열이었기 때문이다.

콰콱!

어깻죽지를 뚫고 나가는 검. 그나마 외수가 재빨리 신형을 틀었기에 팔이 잘려 날아가는 불상사까지 이르진 않았다.

하지만 검을 쥔 오른팔의 움직임에 이상이 생겼다. 뼈까지 파고든 극심한 통증.

편무열의 징그럽고 느긋한 웃음이 다시 흘렀다.

"호호호, 어떻게 죽여줄까? 단번에 목을 치면 영원히 주제 파악도 못 하고 뒈지는 것이겠지? 그래서 하나하나 잘라주마. 손, 발, 팔, 다리, 차례로 조금씩! 크하하하하!"

악랄한 것인지 악랄한 척을 하는 것인지.

하지만 자만할 만했다. 상대의 공격을 신경 쓰지 않아도 되는 상태로 자기 무공을 펼칠 수 있다면 그야말로 무적(無敵) 아닌가.

외수는 사하공이 정말 지랄 같은 무기를 만들었다고 생각했다. 형체도 없이 검린을 발출하는 무극검도 놀라웠지만 머리부터 발끝까지 모든 공격을 차단하는 무적신갑은 가히 기가 막혀 말도 나오지 않을 정도였다.
편무열이 다시 슬금슬금 다가섰다.
"꼴도 보기 싫은 놈, 그동안 네놈의 잔재주 때문에 우리의 계획이 틀어진 걸 생각하면 골백번 죽여도 모자란다."
휘익!
캉!
눈앞에서 뇌전이 작렬한 것 같았다.
강기를 표출하며 휘둘러진 편무열의 검은 외수의 신형을 다시 한 번 흐트러뜨렸다.
부상을 당한 데다 급속히 약해지는 기력 탓에 평소라면 충분히 받아낼 수 있는 수위인데도 감당이 되지 않았다.
편무열은 튕겨지는 궁외수를 곧바로 따라잡으며 유린했다.
급격히 밀리는 외수. 혼신의 힘을 다해 받아치고 역공을 감행하지만 거의 바위치기나 다름없는 꼴이었다.
내력은 고사하고 원래 가지고 있던 천생신력마저 달아나고 있는 상황.
'젠장!'
이를 악물어봐야 소용이 없었다. 편무열의 무위는 검공마저 놀라웠고 예전처럼 감각만으로 싸우기엔 너무나 혹독한 상대였다.

무적신갑에 빈틈까지 없는 편무열.

그가 호언한 대로 외수의 전신에서 피가 튀었다. 뒹굴고 엎어지고, 다시 일어서 반격에 대항을 해보지만 오른쪽 어깨 부상 때문에 휘두르는 검조차 초라하기 짝이 없었다.

"흐흐흐, 뭘 하는 것이냐. 온몸을 던져 싸우는 것이 네놈 특기 아니더냐. 동귀어진(同歸於盡)이라도 시도해 봐야지? 크하하핫!"

안 그래도 그렇게 해보려던 참이었던 외수. 상대의 빤히 들여다보는 듯한 자극에 주춤거렸다.

"그럼 다른 걸 보여줄까?"

쐐액—

다시 검을 뽑어내는 편무열.

대응하려 검을 든 외수는 기겁했다.

특이한 변화를 일으키며 자신의 검을 피해 날아드는 검첨(劍尖). 소름이 돋을 만큼 예리한 데다 검로(劍路)의 변화를 종잡을 수 없어 막는다는 건 당장 불가능했다.

그래서 외수는 다시 부상을 감수하며 굴렀다.

시큰한 목. 다행히 검끝이 스치기만 했다.

이어진 공격도 마찬가지였다. 지금까지 봐온 여러 검공들과는 차원이 다른 무공이었다.

살기 짙은 초식에 무시무시한 변화. 가히 경악스런 검공, 공포가 느껴질 정도였다.

그때 협곡 위에서도 놀란 눈들이 광채를 발했다.

"저, 저거……."

명원신니가 손가락까지 뻗으며 놀람을 표시했지만 태극검제 무양은 오히려 차분하게 음성을 가라앉혔다.

"무왕 동방천의 무공이지?"

어두운 기색의 구대통이 깊은 침음을 삼키며 고개를 끄덕였다.

"그래. 실전되었다던 그 무공이야. 구절신공(九折神功)!"

"저놈이 어떻게 금단의 무공을… 그의 후인인 걸까?"

"……."

이번엔 구대통이 고개를 가로저었다.

"아닐 거야. 그는 혈육도 없고 전인(傳人)을 거둔 적이 없다고 했으니."

"그럼, 혼자 무왕의 무공을 습득했을 것이란 말이냐?"

놀란 얼굴로 돌아보는 무양.

"어떻게 소유하게 됐든 그랬겠지. 백여 년 전으로 돌아가 무왕 동방천에게 사사받지 못했다면."

구대통의 대꾸는 명료했다. 다른 가능성은 없단 말.

그때 미기가 반짝이는 눈망울을 들이댔다.

"구절신공? 무왕 동방천? 그것들이 뭐야? 금단의 무공이라니? 지금 저놈이 사용하는 무공이 금기의 무공이란 말이야?"

강한 호기심의 미기. 구대통과 무양이 힐끔 쳐다보았을 뿐 일언반구도 하지 않고 깊은 침음과 함께 싸움판으로 시선을 고정했다.

그러고 있을 때 밀리던 궁외수의 상황이 모두의 눈을 부릅뜨게 만들었다.

압도적인 상태로 궁외수를 가지고 놀 듯 밀어붙이던 편무열의 검이 결국 외수의 복부에 박혀들고 만 것이었다.

푸욱!

"끄으윽……!"

눈알이 빠져나올 듯한 아픔.

외수는 꼬챙이에 꿰이듯 편무열의 검에 꿰인 채 꼼짝할 수 없었다.

그의 눈앞에 뜯어먹어 버리고 싶은 편무열의 얼굴이 있었다.

"흐흐흐. 이런, 이런! 너무 쉽잖아. 이러면 안 되지. 널 성원하는 사람도 저리 많은데 이렇게 끝내면 서운하지. 기회를 줄 테니 좀 더 놀아보자고."

실실 웃는 편무열이 외수의 배를 관통한 자신의 검을 다시 그대로 천천히 뽑아내며 한걸음 물러났다.

끝낼 수도 있는 순간이었다. 박힌 검을 비틀거나 조금만 힘을 줘 그어버리기라도 했다면 궁외수는 살 수 없었을 것이었다.

하지만 편무열은 오만했다. 그게 타고난 성격이었다. 스스로에 대한 만족을 위해 궁외수로 인해 짜증이 났던 부분을 철저히 몇 배로 되갚아 주겠다는 생각이었다.

그가 한 걸음 물러나자 외수는 피가 왈칵왈칵 쏟아지는 배를 한 손으로 움켜잡고 주저앉았다.

그때라도 편무열은 궁외수의 목을 칠 수 있었다. 하지만 오연히 내려다보기만 하며 궁외수의 고통을 즐기고 있는 그였다.

"공자님?"

시시가 달려오려 발버둥을 쳤다. 하지만 온조가 그를 가로막고 놓아주질 않았다. 이미 복면 괴인들이 포위를 한 상황이라 튀어나가 봤자 단칼에 목이 베어질 것이기 때문이다.

협곡 위 시시 아닌 또 하나 절박한 안타까움이 외수를 향해 쏟아지고 있었다.

영령공주 주미기.

그녀가 지금까지 지켜 봐온 궁외수. 그가 당한 부상 중 가장 심각한 부상이었다.

미기는 외수가 배를 쥐고 주저앉는 것을 보며 무림삼성에게 버럭 화를 냈다.

"안 구할 거예요?"

"……."

대답을 하지 않는 세 사람. 그들의 눈은 협곡 아래에 박혀 떨어질 줄 몰랐다.

"안 들려? 그냥 놔둘 거냐고?"

재차 독촉하는 미기.

그제야 구대통을 비롯해 나머지 두 사람도 슬쩍 돌아보았다.

"어떡하라고. 누굴 구해?"

"누구긴 누구야. 궁외수지!"

"어째서?"

"어째서라니. 나쁜 놈들이잖아! 저런 놈들에게 죽게 내버려둘 거야?"

"……."

"왜 대답이 없어?"

"시끄러! 어떤 놈에게 죽든 놈이 여기서 끝장이 난다면 우리로선 환영할 일이지 네놈처럼 가슴 아파할 일이 아니야."

"뭐야?"

"그리 가슴 아프면 네가 가서 구해라. 왜 어제까지 녀석과 죽니 사니 생사투를 벌인 우릴 다그치는 것이냐. 홍!"

콧방귀까지 뀌며 외면하는 구대통.

울먹일 듯 인상을 쓴 미기가 두 주먹을 꽉 쥐고 벌떡 일어났다. 그리고 무림삼성을 향해 속에 담아두었던 말을 지껄였다.

"세 사람 마음 안 그런 거 다 알아! 솔직히 저 인간 죽이고 싶지 않았잖아. 정작 죽이려면 벌써 죽였겠지. 몇 번의 기회도 있었고. 한데 그때마다 망설이고 손을 거뒀잖아! 어쨌든 좋아. 세 사람이 나서지 않겠다면 내가 구하겠어! 황궁의 대내밀위(大內密衛)들을 모조리 동원해 저 새끼들을 싹 다 쓸어버릴 거야!"

미기가 작은 엉덩이를 빼쪽거리며 검을 빼어 들고 즉시 뛰어나갔다.

그때 구대통이 그녀의 손목을 덥석 움켜잡았다.

"......?"

돌아보는 미기.

진지한 눈초리로 잠시 노려보던 구대통이 입술을 실룩였다.

"이 자식이 갈수록 협박하는 수단이 느네. 황궁 운운하면 우리가 무서워하기라도 할 줄 알고?"

"흥, 맘대로 해! 어쨌든 난 저대로 내버려 두지 않을 테니까."

"알았어. 앉아!"

"앉으라니?"

"우리가 할 테니까 존귀한 공주님께선 나대시지 말라고요."

"흥, 그럼 빨리하시든가!"

"으이그!"

구대통이 불끈 쥔 주먹을 미기 눈앞에다 들이대고 바들바들 떨어 보이며 천천히 일어났다.
어쩔 수 없이 무양과 명원신니도 일어났다.
그런데 구대통을 필두로 협곡 아래로 몸을 날리려던 세 사람이 무언가에 놀라 움찔 멈추더니 기겁을 해선 이전보다 더 낮게 몸을 낮추어 납작 엎드렸다.
"……?"
영문을 몰라 어리둥절한 미기가 고개를 쏙 빼들고 세 사람의 시선이 돌아간 곳을 쳐다보았다.
지나가는 사람들인 듯한 일단의 무리가 아주 느긋한 태도로 싸움이 벌어진 반대편에서 나타나 협곡을 따라 걷고 있었다.
모두 다섯 명.
"저들이 누군데 그리… 엉?"
고개를 갸웃거리던 미기가 무리 중 주둥이 허연 당나귀 위엔 앉은 여인을 발견하곤 깜짝 놀랐다.
"어라, 낭왕의 손녀 반야잖아!"
미기의 목소리가 들릴 리 없건만 그때 아래쪽 반야의 고개가 미기와 무림삼성이 숨은 곳을 향해 들렸다.
"헉?!"
퍼뜩 미기의 입을 틀어막고 강제로 주저앉히는 구대통.
"읍, 읍읍!"

미기가 답답하단 듯 앙탈을 부렸지만 구대통의 손아귀를 벗어날 순 없었다.

"쉿! 조용히 못 해?"

인상으로 온갖 표정을 다 지어 보이는 구대통. 다급하고 어쩔 줄 몰라 하는 그의 기색이 확연했다.

"읍 읍읍, 음음, 읍읍읍(왜 그래? 저들이 누군데 그래)?"

"조용히 하라니까!"

"읍읍, 음음음, 읍읍(알았어. 조용히 할 테니까 손 놓고 말해)!"

못 이긴 듯 슬그머니 손을 놓아주는 구대통.

"으엑, 퉤퉤!"

오만상을 쓰고 침을 뱉는 미기.

"뭐야? 왜 그래? 귀신이라도 본 사람들처럼?"

평소의 위상과 전혀 어울리지 않는 행동을 하는 구대통과 무양, 명원의 눈치를 살피던 미기가 문득 짚이는 것이 있는지 아래쪽 반야와 같이 가는 이들을 다시 빠르게 내려다보았다.

"뭐야, 혹시 첩혈사왕이라 추정했던 그 인물이 저들 중에 있는 거야?"

"으읍?"

놀라서 아예 땅이라도 파고들 기세인 무림삼성.

미기가 휘둥그레진 눈을 껌뻑거렸다.

숙명이 이끈 대결

그런 것 같았다. 무림삼성이 저럴 정도면 대단히 위험했던 살검(殺劍)의 흔적으로 세 사람을 떡을 쳐 놨던 그가 무리 중에 있는 것이 틀림없었다.

첩혈사왕 궁뇌천이 무림삼성을 살려 보내며 다시 눈에 띄는 날엔 반드시 죽여주겠다고 했던 경고를 모르는 미기. 그녀가 신기한 듯 내려다보며 싱긋이 미소를 띠었다.

천하의 무림삼성을 질겁하게 만드는 사람이라는 것도 신기했고, 뱐야와 같이 있는 것, 그리고 극월세가 행렬이 공격을 받았고 궁외수가 죽을 판인데 느릿느릿 느긋하다는 것도 기이하게만 보였다.

"누구지?"

미기는 반야를 제외한 네 사람 중 누가 무림삼성을 기겁하게 만드는 사람인지 궁금해 돌아가며 각자의 모습과 행동들을 살폈다.

반야의 당나귀의 고삐를 잡고 걷는 초로의 구부정한 늙은이. 그리고 말에 타지 않고 뒤에서 터덜터덜 따라 걷는 두 중년인. 그리고 또 한 명의 아주 많이 늙은 영감이 그들과 같이 걷고 있었다.

미기가 열심히 눈알을 굴리고 있을 때 아예 협곡 아래쪽과는 반대로 돌아앉은 무림삼성이 자기들끼리 중얼댔다.

"틀림없는 그 인간 맞지?"

끄덕.

명원이 고개를 까닥였다.
"그런데 같이 있는 것들은 또 뭐야?"
"그걸 내가 어떻게 알아요? 놈이 마도의 절대자라면 그쪽 똘마니들이겠죠."
괜히 짜증을 부리는 명원. 늙으면 죽어야 한다더니 자기들의 꼴이 한심한 탓이다.

* * *

"교주님, 한창 싸우는 소리가 들린 것 같은데 어째서 서두르지 않는 거죠?"
반야가 느긋한 궁뇌천의 태도를 못 참고 안달을 냈다.
거기에 궁뇌천은 너무도 무심히 대꾸했다.
"응? 내가 뭣 하러?"
"세상에……! 아드님이시잖아요."
"그래. 내 아들이지. 한데 끼어들 수 없어. 흐흐."
"왜요? 어째서요?"
"워낙 뚜렷한 운명을 가진 놈이거든."
"……?"
이해할 수 없단 표정의 반야. 거기에 궁뇌천이 설명하듯 덧붙였다.
"무려 이십 년간 내가 녀석의 운명을 간섭했어. 억눌러 강제로 바꾸려고 했지. 하지만 실패했다. 이후로 깨달았다. 돼지려면 돼질 것이고 아니라면 아닐 거라고."

"그런 무책임한 말씀이……."

"흐흐, 안 죽는다는 걸 알기에 하는 말이다."

"……?"

"물론 그 과정에 갖은 고통을 다 겪을 순 있겠지. 하지만 그것도 천형(天刑)과 같은 운명을 타고난 제 놈의 몫이라면 어쩔 수 없는 것을."

반야는 도사들이 하는 말처럼 알쏭달쏭한 궁뇌천의 말에 더 어지럽기만 했다.

그래서 반야는 고함을 질렀다.

"공자님! 공자님?"

차라리 외수에게 그가 왔다는 걸 알려 위기라면 도움을 받을 수 있게 만들려는 작전이었다.

그런 반야를 궁뇌천이 돌아보고 싱긋이 웃었다.

외수 때문에 애달파하는 그녀가 그저 이쁘고 귀여워서였다.

"아버님! 짝귀라는 이 당나귀, 혹시 경공술은 못 하나요?"

"잉?"

빤했다. 외수에게 달려갈 심산인 것이다.

"영물이라면서요?"

"으응. 흐흐, 아무리 영물이라도 그건 좀……. 하지만 경공

술까진 아니어도 말처럼 빨리, 그리고 오래 달리기는 하더라. 당나귀 주제에. 흐흣."

"그래요?"

궁뇌천의 대답에 반야가 눈빛을 반짝였다. 그리고 갑자기 소리를 지르며 두 발을 구르기 시작했다.

"이랴! 달려! 달려! 짝귀, 달려!"

하지만 아무리 발을 구르고 난리를 쳐도 요지부동 꼼짝도 않는 짝귀.

또 궁뇌천이 비시시 웃었다.

"얘야, 그 녀석 고삐가 내 손에 쥐어져 있단다."

"……?"

헛심만 쓴 반야.

뒤에서 곽천기와 연우정, 독조 소후연까지 웃음을 못 참고 낄낄댔다.

"크크큭. 아가씨, 귀여우시네. 저리 애틋할까."

"흐흐흐, 킥킥!"

반야는 벌게진 얼굴을 들지 못했다.

배를 찔리고 주저앉은 궁외수는 그 소란을 듣지 못했다.

하지만 편무열은 고개를 들어 시선을 던졌다.

협곡의 돌아간 길을 꾸물꾸물 나타나는 일행들. 그들의 느리고 느긋한 움직임 탓에 편무열도 멋모르고 지나가는 행인

숙명이 이끈 대결 247

들로 착각했다.

하지만 온조에게 붙잡혀 있던 시시의 눈망울이 갑자기 반짝반짝 빛을 발하기 시작했다.

"아버… 할아버지!!"

궁뇌천을 아버님이라 부를 뻔했던 시시가 막혀 있던 숨통을 틔우며 왈칵왈칵 눈물을 쏟았다.

이제 됐다, 이제 살았단 안도감. 시시는 쓰러지듯 주저앉아 비로소 엉엉 기쁨의 울음을 터뜨렸다.

그 울음소리도 외수는 듣지 못했다.

상처의 고통 때문인가. 땅에 꽂은 검에 의지한 채 배를 쥐고 주저앉은 그의 머리가 들릴 줄을 몰랐다.

편무열이 무망살 중 한 사람에게 눈짓을 했다. 나타난 귀찮은 자들을 처리하란 뜻이었다.

즉시 무망살 한 사람이 궁뇌천 등을 향해 경신술을 펼치며 바람처럼 달려갔다.

그가 달려가는 것을 본 편무열은 바로 시선을 거두었다. 지나가는 자들 따위 혼자서라도 눈 깜짝할 사이에 해치울 것이라 여겼기 때문이었다.

편무열은 꼬꾸라진 궁외수에게 검을 겨누고 툭툭 건드리며 이죽댔다.

"뭐야? 기회를 줘도 못 받아먹는군. 차라리 목을 쳐 달라는 건가. 후후후."

한껏 모욕을 안기며 조롱하던 편무열이 가련하단 듯 혀를 차며 고개까지 저어댔다. 궁외수가 폭주로 인해 완전히 기력을 상실한 것이라 판단했기 때문이다.

"쯧쯧, 어쩔 수 없군. 이런 무기력한 놈을 같이 놀아주려 한 내가 멍청한……?"

외수의 목을 치려 천천히 검을 들던 편무열이 갑자기 변한 주위의 분위기를 인지하고 움찔 고개를 들었다.

당황한 표정을 보이는 무망살들. 그리고 뜬금없이 나타난 자들을 처리하러 달려갔던 자의 모습도 보였다.

그런데.

"……?"

편무열의 두 눈에 실핏줄이 터졌다. 두 동강으로 갈라지고 있는 무망살. 뿐만 아니라 쪼개진 육신이 꺼림칙한 연기를 피워내며 타서 녹아내리고 있었다.

어이없단 표정의 편무열.

그저 지나가는 자들일 것이라 생각했던 건데 아니었다. 일격에 무망살 하나를 쪼개 버린 이는 백발의 백염이 흩날리는 눈보다 더 하얀 영감이었다.

동료 하나가 허무하게 베어지는 것을 처음부터 지켜본 무망살들이 동요했다. 놀람과 분노가 뒤섞여 당장 달려갈 것처럼 폭풍 같은 살기를 일으켰다.

하지만 편무열이 그들을 기다리게 했다.

숙명이 이끈 대결 249

마찬가지로 무시무시한 살기를 피워 올리는 편무열. 노려보는 그의 눈에서 다가서는 인간들이 무엇을 하는 자들이든 갈기갈기 찢어놓겠단 의지가 실로 무섭게 표출되고 있었다.
"어라, 저것들이 째려보는데요?"
연우정의 말.
곽천기가 받아 이죽거렸다.
"무슨 상관이야. 그러라고 그래. 눈깔들을 다 잡아 뽑아버리면 되니까."
이윽고 그들이 행렬 가까이 왔을 때 그들의 시선은 편무열에게 있지 않았다. 궁뇌천의 시선은 주저앉은 외수에게 가 있었고, 곽천기 등은 몇 되지도 않는 무망살들에게 갇혀 꼼짝도 못 하고 있는 극월세가 일행을 훑고 있었다.
"할아버지, 할아버지! 살려주세요!"
궁뇌천을 향한 시시의 울부짖음.
그제야 궁뇌천의 눈이 그녀에게로 돌아갔다.
그 바람에 궁뇌천을 노려보다 따라서 슬그머니 시시를 힐끔 돌아본 편무열. 궁외수, 그리고 시시와 무슨 관계인지 궁금한 탓이다.
"뭐 해? 내 며늘아기가 살려달라지 않느냐."
시시를 본 궁뇌천이 곽천기와 연우정, 소후연에게 짐짓 화를 냈다.
그러자 곽천기가 어리둥절해하며 되물었다.

"예엣, 며느리라고요?"

혈우폭마 연우정과 독조 소후연도 거들었다.

"정말이십니까?"

"어찌 보이는 아이마다 죄다 며느립니까?"

"이 새끼들이?"

실룩이는 궁뇌천의 눈초리.

"앗, 알겠습니다. 당장 모시겠습니다."

곽천기가 팔을 걷어붙이며 서둘러 나섰다. 그러자 질세라 연우정과 소후연도 황급히 따라 움직였다.

우르르 몰리는 무망살들.

그때 하는 꼴들을 보고 있던 편무열이 고함을 터뜨렸다.

"멈춰!"

그제야 궁뇌천과 곽천기 등이 편무열에게도 시선을 주었다.

편무열은 당최 알 수 없었다. 초연하다 싶을 만큼 태연하고 느긋한 자들. 두려움이라곤 눈곱만큼도 느낄 수 없다는 게 너무도 의아했다.

나머지 세 사람이야 그렇다 쳐도 우두머리로 보이는 추레한 영감은 허름한 검을 차고 있긴 해도 정말 당나귀 고삐나 쥐고 있는 것이 어울리는 촌부의 모습에 지나지 않았기 때문이다.

"뭐냐, 네놈들은?"

편무열의 말에 궁뇌천의 눈자위가 실룩이기도 전에 곽천기 등이 먼저 발끈했다.
"이 쥐방울만 한 녀석이 감히 지존께?"
"지존?"
다시 한 번 궁뇌천을 훑는 편무열.
"극월세가, 아니, 이놈과 무슨 관계냐?"
검으로 외수의 어깨를 쿡 찍어 가리키는 편무열이었다.
그럼에도 궁뇌천은 그 어떤 동요도 보이지 않고 반야를 태운 짝귀의 고삐를 뒷짐에 지고 태연히 서선 피식 웃었다.
"글쎄, 관계가 있다면 있고 없다면 없고."
애매모호한 궁뇌천의 대답.
"무슨 말이냐, 그게?"
"이놈, 내가 네깟 풋내기에게 설명을 하랴? 젖비린내도 가시지 않은 놈이 감히 어디서 어른 흉내냐?"
"크하하핫, 크하핫핫! 이것들이 정녕 눈에 뵈는 게 없는 게로구나. 죽고 싶어 나이 처먹은 것들 같아! 으하하핫, 하하핫!"
목젖까지 보이며 대소를 터뜨리는 편무열. 그가 가진 자신감에 기인한 것이었고, 아무리 생각해도 늙은 것들이 허세만 잔뜩 붙었다고 판단을 해버렸기 때문이다.
곽천기가 다시 팔을 걷어붙이며 발끈했다.
"그래도 이 새끼가 세상 구분도 못 하고?"

이번에도 곽천기는 나설 수 없었다. 궁뇌천이 바로 편무열의 말을 받았기 때문이었다.
 "흐흐흐, 재밌는 놈일세. 그리 자신이 있느냐? 내가 보기엔 당장 네가 죽을 것 같은데?"
 "뭐?"
 "쯧쯧, 어디다 한눈을 파는고? 잡아놓은 물고기 도망가겠다. 아니, 잡히지도 않을 물건이지만."
 "……?"
 편무열이 무슨 말인지 알아듣지 못해 어리둥절한 표정을 보였다.
 "발밑의 그놈 말이다."
 외수를 턱짓으로 가리키는 궁뇌천.
 그제야 편무열의 시선이 외수에게로 떨어졌다.
 꿈틀꿈틀 움직임을 보이는 궁외수. 지금까지 꼼짝도 않던 그이기에, 그리고 극심한 부상까지 당해 주저앉은 그이기에 잠시 신경을 껐던 것인데 제법 살기를 피우며 꿈틀대고 있었다.
 편무열이 피식 비웃음을 머금었다.
 "이놈이 뭐?"
 "뭐라니? 그 녀석이 살기를 뿜고 있지 않느냐."
 "그래서?"
 "응? 너는 그 녀석이 산송장처럼 보이느냐? 나는 아무리 봐

숙명이 이끈 대결

도 네놈 정도가 감당할 수 없는 활화산같이 보이는데?"
"뭐라?"
편무열이 발끈하는 사이 정말 산송장 같았던 궁외수가 서서히 신형을 일으켜 세웠다.
"……?"
부릅뜬 눈으로 쳐다보는 편무열.
궁뇌천이 비시시 웃었다.
"봐라. 내가 뭐랬느냐. 이제 너, 큰일 났다."
"……?"
편무열은 놀라긴 했어도 어처구니가 없었다. 일어선 궁외수는 여전히 어깨와 복부에서 피를 쏟고 있었고, 아예 두 팔까지 축 늘어뜨린 채 상처를 움켜잡을 생각도 못하는 듯 보였기 때문이다.
궁뇌천이 다시 이죽댔다.
"후후, 내 말을 믿지 못하는 모양이로구나. 그럼 잘해봐라. 난 저쪽으로 가서 내 며늘아기들과 구경만 할 테니."
반야를 태운 짝귀를 끌고 시시가 있는 곳으로 움직이는 궁뇌천.
하지만 무망살들이 버티고 있자 궁뇌천은 다시 한 번 소후연과 곽천기 등에게 짜증을 냈다.
"뭐해? 치우라고 한 말 못 들었어? 내가 치우랴?"
"아, 아닙니다. 어찌 감히! 저희가 치웁니다. 치워요."

곽천기와 연우정이 각자 도검을 빼 들고 무망살들을 향해 신형을 날렸다. 뒤따라 소후연도 슬금슬금 움직였다.
 무망살들 또한 각자의 해괴한 무기들을 앞세우고 세 사람을 덮쳤다.
 한데 어처구니없는 일이 벌어졌다. 편무열이 믿었던 무망살. 서넛이면 능히 초극 고수를 상대할 수 있고, 천하를 지배하고 군림하는 데 더없이 훌륭한 밑거름이 될 것이라 생각했던 그들이 너무도 쉽게 무너졌다.
 콰앙! 콰콰쾅!
 강기가 작렬하는 엄청난 격돌이었지만 단 삼 초도 견디지 못하고 도륙당하는 무망살.
 편무열은 기겁하지 않을 수 없었다.
 그 뒤를 유유히 걷는 당나귀 고삐를 쥔 늙은이.
 편무열은 그제야 당나귀 위에 앉은 여자아이가 극월세가에서 보았던 안면이 있는 아이란 것을 인지했다.
 그때.
 편무열은 자신을 덮치는 무시무시한 살기에 퍼뜩 고개를 돌렸다.
 가슴팍에 날아드는 강력한 검강.
 콰앙!!
 훨훨 날아가는 편무열의 신형.
 물론 무적신갑이 그 묘용을 다했기에 다치진 않았으나 하마터면 몸뚱이가 쪼개질 뻔한 끔찍한 순간이었다.
 약간의 충격을 안고 착지를 해 신형을 다시 바로 잡은 편무열은 일격을 가해온 궁뇌수를 노려보았다.
 동공까지 사라진 무시무시한 핏빛 안광. 지옥에서 끓는 듯한 신음까지 걸걸대며 흘리고 있는 괴물의 모습이었다.
 "크르륵, 크륵. 다 죽여 버린다."
 다시 영마지기가 폭발한 궁외수였다.

第八章

폭주의 위력

'고양이는 쥐가 죽을 때까지 장난을 멈추지 않는다.'
썩을! 이런 말을 들으면 꼭 그놈 생각부터 나. 망할 놈.

—점창일기 구대통

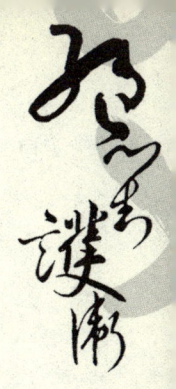

 편무열은 망치로 뒤통수를 한 대 얻어맞은 것처럼 정신이 멍했다. 다시 기력을 찾아 검을 휘둘러 온 궁외수 때문이 아니었다.
 들도 보도 못했던 인간들에게 거의 일방적으로 당하고 있는 무망살들 때문이었다.
 "물러서!"
 대여섯 명이 도륙되어 흩어졌을 때 편무열이 신형을 날렸다.
 "이 새끼가!"
 곽천기가 즉시 편무열을 받아쳐 갔다. 그리고 혈우폭마 연

폭주의 위력 259

우정이 뒤를 이었다.

콰쾅! 콰앙!

그런데 단 한 번의 격돌에 편무열이 물러났다. 아니, 정확히는 밀려난 것이었다.

당황한 편무열.

다시 가슴팍 아래 옆구리를 일격을 허용한 그였다.

무지막지하다고 해야 할 만큼 놀라운 무위들. 한 사람의 칼을 상대하는 동안 어느 틈에 다른 자의 칼이 옆구리를 강타하고 있었다.

무적신갑이 아니었다면 허리가 절단되었을 순간.

편무열의 자부심이 무너지고 있었다. 고작 두 명에게 자신이 그와 같은 공격을 허용했다는 것이 믿어지지 않았다.

물러난 상태로 다시 상대를 확인하는 편무열.

그러나 일월천의 무력 서열 9위, 권력 서열 4위로 무력부를 총괄하는 인간과 천하를 떨게 만들었던 공포의 이름 철혈마군의 수장이 자신을 공격했다는 것을 어찌 알까.

현 일월천의 절반에 해당하는 전력을 이끌고 있는 두 사람인데 아무리 무왕 동방천의 절세 비공을 지녔다 해도 산전수전 다 겪어온 두 사람의 내공에 갑자기 맞서기엔 그의 경험이 한참 짧았다.

물론 무적신갑까지 있으니 이길 순 있을 것이었다. 하지만 편무열은 자존심이 무척 상했다. 자신의 구절신공을 뚫고 몸에 일격을 가해 왔다는 것. 그 자체만으로도 화를 삭일 수가 없었다.

그런데 두 사람의 공격을 당나귀 고삐를 쥔 자가 저지했다.
"되었다. 물러나라. 다친다."
다친다?
편무열은 그 말뜻이 자기 때문에 그리 된다는 것이 아님을 알고 퍼뜩 신형을 돌렸다.
슈악! 콰쾅!
다시 머리 위로부터 아래로 온몸을 강타하는 일격.
편무열은 그 위력과 충격에 한참이나 바닥을 구르며 나가 떨어졌다. 이번에도 무적신갑의 방어가 아니었다면 전신이 양쪽으로 갈라졌을 무시무시한 일격이었다.
벌떡 일어난 편무열은 그제야 정신을 차렸다.
"이것들이?"
화가 머리끝까지 난 편무열이었다. 궁외수뿐 아니라 놈과 어떤 관계의 인간들이건 모조리 죽여 버리겠단 생각이었다.
그런데 궁외수를 덮쳐 가려던 그는 주춤했다.
섬뜩한 공포.
지금까지 느껴보지 못했던 무지막지한 공포가 궁외수로부터 엄습하고 있었다.
인간 본연의 모습이 없어진 궁외수였다.
눈에서 터져 나오는 시뻘건 안광. 실성한 미치광이처럼 침까지 흘리는 모습. 목과 어깨, 두 팔을 늘어뜨린 것도 모자라 검을 바닥에 질질 끌며 어기적어기적 다가오는 그는 흡사 악마를 연상케 하고도 남음이 있었다.

정말 엄청난 살기였다. 살갗을 에는 듯 맹렬하고 혹독한 기운.

폭주로 다 죽어가던 인간이 다시 기력을 얻어 폭주를 한다는 게 가능한 것인가?

"미친놈!"

애써 무시한 편무열은 검을 내쳐 갔다.

상대가 누구든 어떤 상태든 상관없다고 생각하는 편무열이었다. 자기에게 무적신갑과 구절신공이 있는 한 어떤 경우도 자신이 이긴단 판단을 하고 있었다.

그런데…….

슈악―

콰앙! 콰콰콰쾅!!

"크억!"

이번에도 편무열은 신음까지 흘리며 날아갔다. 이번엔 훨씬 더 큰 충격이었다.

궁외수의 일격은 첫 번째 격돌 때와 다른 게 없는 횡소천군이었고 괴이한 검린들 또한 똑같이 쏟아져 나왔지만 그 위력이 달랐다.

자신이 부딪쳐간 공력보다 몇 배나 강한 공력.

"이, 이게……?"

 편무열은 다시 얼이 빠졌다. 폭주를 한 상태라지만 자신이, 의천왕의 한 사람인 암왕 당호와 그 아들들까지 어렵지 않게 황천으로 보내 버린 자신이 이처럼 터무니없이 밀린다는 게 받아들여지지 않았다.

 "내… 놔……."

 "……?"

 외수의 뇌까림.

 편무열이 무슨 말인지 몰라 눈을 껌뻑였다. 뭘 내놓으란 건지.

 편무열은 다시 벌떡 일어섰다. 용납되지 않는 자존심. 이 꼴을 묵과할 수 없었다. 자신이 최강이라는 걸 증명해야 했다.

 드드드득, 드드득!

 진신공력을 다 끌어올리는 편무열. 발밑 땅거죽이 풀썩이며 들고 일어나고 쓸린 대기가 폭풍처럼 휘몰아쳤다.

 그러는 편무열을 보고 있던 곽천기가 흥미롭단 듯 이죽거림이 섞인 감탄을 터뜨렸다.

 "오오, 대단한데?"

 철혈마군 수장 연우정도 지그시 눈살을 찌푸렸다.

 "제법이군, 어린놈이."

 하지만 둘 다 잠시 편무열을 보았을 뿐 그들의 관심은 오로

폭주의 위력 263

지 궁외수에게 집중되어 있었다.

 위대한 절대자의 아들. 자신들의 소교주. 처음 대하는 그가 당연히 더 궁금했기 때문이다.

 고개가 갸웃할 만큼 상태가 조금… 이상했지만, 과연 마(魔)의 아들다웠다.

 질식할 것처럼 뿜어지는 마성의 살기. 마도의 입장에선 '절대마신(絶對魔神)'의 현신을 보는 것 같은 그였다.

 그리고 그 위대함을 그는 바로 증명해 갔다.

 부왁―

 콰쾅! 콰앙! 쾅쾅쾅쾅!!

 작렬하는 강기성강.

 대부분 편무열의 몸에서 터지는 강기였다. 혼신의 공력을 끌어올리고도 편무열은 궁외수의 공력을 당해내지 못하고 있었다.

 끔찍할 정도의 가공스런 공력. 지금까지 외수가 살수들을 일격에 쪼개어 온 위력이었다.

 버틸 수 있다면 반격의 틈이라도 노려볼 테지만 그러는 것 자체가 편무열로선 불가능했다. 검이 부딪치는 순간 균형을 잡지 못할 만큼 휘청거려야 했고, 연이어 터지는 맹공에 정신을 가눌 틈이 없었다.

 그나마 무적신갑이 버텨주었기에 망정이지 아니었다면 벌써 수십 토막으로 쪼개져 흩어졌을 그였다.

콰쾅! 콰앙!!

"컥! 크헙!"

거듭해서 형편없는 꼴로 튕겨지고 나뒹구는 편무열.

그럼에도 죽지 않고 멀쩡한 그를 보며 곽천기가 눈을 껌뻑댔다.

"그것참 신기하네. 저 무수한 검격에 강기까지 막아내는 물건이라니. 저놈의 몸뚱이를 보호하는 게 뭘까?"

연우정이 말을 받아 이죽거렸다.

"흥, 무엇이든. 그럼 뭣하오. 어차피 내장이 파열되어 곧 죽을 것 같은데."

"그래그래, 저 상태로 얻어맞다간 어쩔 수 없이 곧 뒈지겠지. 몸뚱이조차 금강불괴(金剛不壞)가 아닌 이상 어떻게 버텨? 그래도 정말 신기한걸."

곽천기는 단순히 감탄이나 호기심 따위가 아니라 탐이 난다는 표정이었다. 평범한 호신갑 따위가 아닌 탓이다.

몸에 두른 피갑 따위가 아니라 상대의 공격이 어디서 날아들든 미리 다 차단하고 되레 반탄(反彈)까지 시키는 기물(奇物)이 어찌 탐이 나지 않을까.

"이 새끼가……. 크헙, 쿨럭!"

편무열은 어이없고 황당했다. 정말 미치고 환장할 것 같았다.

도대체 이건 뭔가. 이런 공력이 있을 수 있는 건가.

폭주의 위력 265

회광반조(回光返照)처럼 죽기 전에 마지막 힘이라도 폭발시키는 건가?

편무열은 궁외수가 죽기 직전 안간힘을 발휘하는 것이라고 판단했다. 그렇지 않고서는 자기 상식에선 도저히 이해가 되지 않았기 때문이다.

"쿨럭!"

편무열은 궁외수를 노려보며 입가의 피를 훔쳤다. 내상이 있었다. 궁외수의 무지막지한 괴력에 내력이 진탕된 탓이다.

"카악!"

핏덩이 섞인 침을 뱉은 편무열.

그럼에도 그는 다가서는 궁외수를 보며 쓴 미소를 지었다.

자아조차 잃어버린 미친 새끼를 한 방에 주저앉힐 비기가 자신에겐 있었다. 암왕의 만천화우(滿天花雨) 따위와도 비교조차 되지 않을 비기가.

아니, 그것이라면 궁외수뿐 아니라 이 자리에 있는 인간이란 인간은 일거에 다 쓸어버릴 수도 있는 비기였다.

무적신갑의 또 다른 모용, 갑린(甲鱗)!

편무열은 슬금슬금 일어났다. 물론 굳이 일어나지 않아도 문제가 없었지만 확실히 궁외수의 숨통을 끊어놓기 위해서였다.

'흐흐흐흐… 죽을 줄도 모르고 잘도 다가오는군.'

여전히 실성한 흉물의 모습으로 검을 끌고 다가오는 외수를 보며 회심의 미소를 짓는 편무열.

그리고 서너 걸음 거리에 이르렀을 때 편무열은 왼손을 뻗어 별안간 갑린을 운용했다.

쉬이익― 퓨퓨풋―

매서운 파공성을 내며 발사되는 무적갑린.

팔에 두른 신갑의 일부가 떨어져 나가는 것을 느끼며 편무열은 그 소리가 더없이 아름답다고 느꼈다.

물론 허리에 두른 신갑까지도 운용할 수 있었다. 하지만 왼손에 찬 신갑만으로도 궁외수의 머리통이며 가슴팍이며 다 썰어줄 수 있었기에 굳이 이 사람 많은 데서 그것까지 보여줄 필욘 없다고 생각했다.

편무열이 왼손을 내쳐 갑린을 발출하던 순간은 외수도 바닥을 끌던 무극검을 쳐올리던 순간이었다. 그러나 편무열에겐 가소로운 일이었다.

검으로 수십 편(片)의 갑린을 막을 수도 없는 일이었고 넓은 방위를 점유한 채 쏟아지기에 피하는 것도 불가능했기 때문이다.

"가라!!"

편무열은 눈으론 분간도 잘 되지 않는 갑린을 발출해 놓고 의기양양 자신감을 감추지 않았다.

궁외수도 자신을 향해 발출된 것을 감지했을까. 적어도 파공성은 인지했을 듯했다.

폭주의 위력

한데 그에 대한 움직임이 없었다.

놀란다거나 피한다거나, 전혀 반응 없이 아예 인지조차 못한 사람처럼 쳐올린 검만 휘둘렀다.

당연히 편무열의 미소가 짙어졌다. 비도보다 날카로운 갑린들이 이제 궁외수의 전신을 마구 썰어놓을 것을 믿어 의심치 않았다.

그런데 그 순간 편무열의 예상과 기대는 눈알 튀어나오는 반전을 일으키며 여지없이 무너졌다.

따다다다당! 따따따땅!!

쏘아진 갑린들이 모조리 튕겨져 나가는 소리.

"허억?"

편무열은 경악하지 않을 수 없었다. 검으로 하나하나 받아치는 것도 아닌 그저 검을 쳐올렸을 뿐인데, 수십 개의 갑린이 거의 모조리 튕겨지는 상황이 어찌 놀랍지 않으랴.

짧은 순간이었지만 편무열은 똑똑히 보았다. 궁외수 앞에 무적신갑과 비슷한 벽이 생성되는 것을.

검공의 고수가 검을 휘둘러 펼친다는 검막(劍幕)과는 전혀 달랐다. 그것은 궁외수의 검에서 튀어나온 강기 같은 검편(劍片)들이 생성시킨 방어막이었는데, 그것이 무적신갑의 묘용과 너무도 흡사해 편무열은 또 한 번 입이 쩍 벌어졌다.

그런데 더 기가 막힌 것은 궁외수가 그것을 의식하지 못하는 상황에서 검만 휘둘러 오고 있다는 것.

콰쾅!

"크헙!"

숨이 멎을 것 같은 충격을 안고 편무열의 신형이 떠올랐다. 그리고 이어서 내려쳐진 검격에 그는 패대기쳐지듯 피를 토하며 또 한 번 처박혔다.

무위를 떠나 말이 나오지 않을 정도의 엄청난 인간.

이럴 수는 없었다. 고작 스물 정도밖에 안된 놈에게 자기가 이렇게 당할 순 없었다.

무왕 동방천의 비공도, 천하제일 기병이라던 무적신갑도 통하지 않는 괴물이라니. 그것도 제정신도 갖지 못한 미친놈에게.

꿈이라 믿고 싶었다. 꿈이 아니고선 일어나선 안 되는 일이었다.

"으드득!"

편무열은 이를 갈며 다시 일어섰다.

이 순간 뼈저리게 후회되는 부분이 있었다.

구절신공을 끝까지 익혔더라면. 편무열은 구절신공의 수련을 구성 수위에서 중단한 것을 이를 악물고 후회했다.

그 정도만으로도 능히 천하제일일 것이라 자부했지만 그 이상의 힘을 발휘하는 이런 미친 괴물이 튀어나올 줄이야.

궁외수뿐인가? 무망살들을 너무도 쉽게 도륙하고 자신의 공격까지 받아친 자들. 이런 자들이 존재하는 것도 모르고 천하를 지배할 꿈에만 부풀어 있었던 자신이 더없이 한심하고 비참했다.

"크르… 내놔……."

여전히 무슨 말인지 알아들을 수 없는 궁외수의 뇌까림.

편무열이 악을 썼다.

"뭘 내놓으라는 거야, 이 새끼야?"

"죽인다! 죽여 버린다!"

벼락처럼 편무열을 덮쳐드는 외수.

편무열이 다시 전력을 다해 온몸의 갑린을 발출했다.

쉬이이익! 슈슈슉!

따다당! 타타탕! 타타타탕!!

발출 가능한 모든 갑린을 쏘아낸 편무열이었다. 수백 명을 한꺼번에 쓸어버릴 수도 있는 엄청난 수의 갑린. 그러나 결과는 별반 다를 게 없었다. 외수를 썰어놓기는커녕 대부분 검벽(劍壁)에 막혀 튕겨지고 있었다.

분명 검린이 만드는 벽이었다.

하지만 편무열은 몰랐다. 알 수 없었다. 자신의 무적신갑과 궁외수의 무극검이 같은 사람 같은 재질에 의해 만들어졌다는 것을.

그리고 사하공이 만든 열두 가지 절대신병 중 무적신갑이 단연 최고인 건 맞지만, 그 후 복수를 위해 열세 번째 무기를 만들었고 그것이 궁외수가 가진 검이며 자신이 만든 신병들 중 진정한 걸작이라고 스스로 말했다는 것을.

물론 외수도 모르는 것이 있었다.

사하공이 가르쳐 주지 않은 숨겨진 묘용이 남아 있고, 지금 드러난 것과 같이 같은 재질인 무적신갑에 반응하고 대응하도록 만들었으며, 그건 가장 치명적이고 무서운 기능이라는 것을.

"뭐, 뭐야, 저게?"

두 사람의 기병(奇兵)들을 보고 있던 곽천기가 놀라움을 감추지 못했다.

연우정이나 소후연이라고 다를까. 모두 놀란 얼굴을 하고 궁외수와 편무열에게서 눈을 떼지 못했다.

그때 외수가 주저앉을 듯이 휘청거렸다.

스스로도 이유를 모르겠단 듯 휘청댄 다리를 내려다보는 외수.

오른쪽 다리 아래위에서 피가 뿜어지고 있었다.

대부분 가로막힌 편무열의 무적갑린 일부가 외수의 몸을 스친 것이었다. 그중엔 관통한 것도 있었고, 팔과 어깨를 훑고 지나간 것도 있었다.

외수가 무극검의 진정한 묘용을 모르는 상태에서 검이 혼자 알아서 반응하는 탓이다. 외수가 그 작용을 알고 운용했다면 허용치 않았을 부상. 하지만 자기 이성도 없이 폭주하는

폭주의 위력

상태의 그가 그 운용법을 알고 있었더라도 무슨 소용이랴.

그로 인해 죽을 것 같던 표정이던 편무열의 얼굴에 일말의 희망의 빛이 어렸다.

"이 새끼!"

파아아—

신형을 솟구쳐 퍼붓듯 무적갑린을 쏟아 붓는 편무열. 빈틈이 있다는 걸 확인했기에 끊임없이 퍼붓다보면 결국 끝을 볼 것이라 확신이 들었기 때문이다.

외수도 괴성을 지르며 신형을 쏘아 올렸다.

"끄아아아아!"

마치 쏟아지는 빗속을 뚫고 솟구치는 모습.

콰콰콰쾅!

워낙 강렬히 쏟아지는 터라 외수의 검린이 만든 검벽에 충돌하며 엄청난 폭음을 내는 갑린들이었다.

그 와중에 외수의 몸에 푹푹 박혀드는 것들도 있었다. 모든 것을 초토화시켜 버릴 듯 외수가 뛰어오른 대지마저 뒤엎어 버리는 엄청난 위력.

그럼에도 외수는 미치광이 같은 저돌성만 보였다.

"끄아아아, 죽인다!"

콰앙! 쾅쾅쾅쾅!!

상대가 무엇이든 다 쪼개놓을 것 같은 외수의 공격이었다.

그 활화산 같은 맹공에 편무열은 계속 갑린을 발출할 순 없었다. 맞붙은 상황에서 갑린 발출로 인해 신갑이 호신 기능을 유지하지 못하면 일검에 베어질 수도 있었기 때문이다.

"이런 미친!"

짜증이 난 편무열.

그러나 어쩔 것인가. 거의 불가항력이나 다름없는 괴력의 발휘하고 있는 궁외수였고, 자신으로선 밀리고 튕기는 와중에 다시 작은 틈이라도 노리는 수밖에 없었다.

다행히 궁외수는 제정신이 아닌 상태였고 심각한 부상까지 입은 상태였기에 반드시 기회는 발생할 듯싶었다.

쿠아앙! 콰쾅!

거의 일방적인 맹공. 그렇지만 외수의 상태도 처절했다. 어깨, 가슴, 팔다리, 피가 흐르지 않는 곳이 없고, 공격을 퍼부을 때마다 오히려 그 자신의 몸에서 튀는 피가 더 많았다.

그 모습에 인상을 쓴 곽천기가 궁뇌천 들으라는 듯 혼자 지껄였다.

"대단하군요. 교주의 젊을 때 모습과 다를 바 없습니다."

궁외수의 투지와 무위를 칭찬하고 있는 것이었지만 궁뇌천은 반응하지 않았다.

자신처럼 영마의 피를 타고난 아들. 되레 가슴이 무너지는 중인 궁뇌천이었다.

주체하지 못하는 살성(殺性). 걷잡을 수 없는 폭주. 상상도 못 할 힘을 가졌다곤 해도 누구에게도 환영받지 못하는 천형

(天刑)이 어찌 반가울까.

그때 은환마제 독조 소후연이 궁뇌천의 마음을 아는 듯 말을 건네 왔다.

"심각하구려. 교주, 우리가 거들어 끝내는 게 낫지 않겠소?"

외수의 상태를 걱정한 말이었다. 하지만 궁뇌천은 돌아보지도 않고 냉정히 대꾸했다.

"죽지 않고 살 자신이 있다면 그리 해라."

"……?"

"저 폭주와 공력을 버틸 수 있다면!"

눈살을 찌푸리는 소후연.

"누구도 못 알아본단 말씀이시오?"

"그렇다. 보고서도 모르느냐. 나와 달라. 지금까지 존재한 적도 없는 본질이 다른 영마! 저 녀석의 영마기는 최소한 나보다 열 배는 더 강해!"

"헙?"

헛숨을 들이키는 소후연.

그만이 아니라 곽천기와 연우정도 기겁을 했다.

열 배라니. 그것도 최소한이라고?

영마가 가진 능력은 본신의 힘을 몇 배로 부풀려 폭발시키는 것. 영마가 어떤 존재인지 잘 알고 궁뇌천을 통해 그 무서움을 낱낱이 지켜봐 온 세 사람이었다. 그런데 그 가공할 공포의 기운을 열 배나 지녔다는데 어찌 기겁하지 않을까.

한데 궁뇌천의 이어진 말은 세 사람을 더욱 기겁하게 만들었다.

"거기다 하늘이 허락한 무재(武才)다. 태어날 때부터 지금까지 생사현관(生死玄關)이 막힌 적이 없어!"

"끄으으……."

너무 놀라 괴상한 신음까지 흘리는 소후연이었다.

"그, 그게 가능한 것이오?"

불가능하다 생각하는 소후연이었다. 아들을 위해 아버지로서 손을 쓴 것이 아니냐고 주장하고픈 그였다.

이렇다 저렇다 대꾸도 않는 궁뇌천.

소후연으로선 상상도 되지 않는 공포였다. 첩혈사왕 궁뇌천의 열 배! 혼자서 천하를 광란으로 몰고 멸망시킬 수도 있는 무서운 힘 아닌가.

소후연은 다시 용기를 내어 질문했다.

"그, 그럼 어찌 되는 것이오? 교, 교주처럼 제어할 수는 있는 것이오?"

"그걸 질문이라고 지껄이는 것이냐."

화난 듯한 매서운 음성.

"……?"

"나는 통제 가능한 범주 안의 영마였을 뿐이다. 물론 그마저도 완벽하게 통제하지 못했다. 한데 저 녀석이 통제될 리

없잖느냐. 스스로 칼을 들고 무공을 습득한 이상 본인도, 세상 그 누구도 통제할 수 없을 것이다."

"그그그, 그, 그럼 어찌해야 하는 것이오?"

"……."

다시 대꾸하지 않는 궁뇌천.

곽천기와 연우정도 마른침까지 꼴깍 삼켜가며 궁뇌천을 주시했으나 그는 어떤 대답도 내놓지 않았다.

그때 산전수전 다 겪어온 소후연이 궁뇌천의 어둡고 무거운 기색을 읽어냈다.

그건 깊게 배인 아픔 것이었고 끊어내지 못하는 슬픔 같은 것이었다.

그 순간 소후연은 뜨끔했다.

재앙이 될 아들을 둔 절대자. 그 마음이 오죽하랴.

자신이 질문을 잘못했다는 것을 퍼뜩 깨달은 소후연이었다.

아들의 처리를 아비에게 묻다니. 아들을 위해, 아들을 살리기 위해 자신이 만든 모든 영광을 버리고 떠났던 그가 아니었던가.

백도 무림이든 마도 무림이든 세상을 멸할 수도 있는 끔찍한 존재가 되어가는 아들을 보는 그의 심정을 헤아리지 못한 것이다.

궁뇌천도 분명 아들에 의해 파탄 나는 세상을 생각해 보았을 것이었다.

그 소름 돋는 일을 생각해 보지 않았을 궁뇌천이 아니었다. 그리고 그것을 저지할 수 있는 이가 자신뿐이라는 사실도 마음을 아프게 하고 있을 것이었다.

어찌 아비가 자식을 벨 수 있겠는가.

소후연은 거듭 용기를 내어 물었다.

"사왕, 지키기로 한 것이오?"

끝까지 묵묵하던 궁뇌천이 천천히 입을 열었다.

"섭위후가 내게 '순리(順理)'를 지껄였다."

순리…….

소후연은 궁뇌천의 입에서 그 말이 나오는 순간 그의 속내를 명확히 확인할 수 있었다.

"그래서, 그래서 이렇게 직접 세상에 나와 계시는 것이었구려."

끄덕.

"그래. 녀석의 운명을 최대한 건들지 않는 한도 내에서 아비로서 할 수 있는 만큼만 녀석의 가혹한 현실을 떠안아 보기로 했다."

지극히 냉정한 말이었다. 소후연은 이 순간 궁뇌천이 끝없이 오연하다고 느꼈다. 마도를 통일한 절대자다운 무서움과 위대함이 동시에 풍겨졌다.

그때 벌겋게 상기된 얼굴로 궁뇌천의 말을 듣고 있던 곽천기와 연우정이 격한 감정을 뱉었다.

"교주! 저희들이 지켜내겠습니다. 걱정 마십시오. 소교주께선 아무런 문제없이 교주의 뒤를 잇는 아주 훌륭한 절대자가 되실 겁니다."

위로의 의미였겠지만 궁뇌천은 슬쩍 째려보고 말았다.

그사이 외수와 편무열의 싸움은 더욱 불을 뿜고 있었다.

쿠콰쾅! 콰아앙!

싸움이라곤 하지만 거의 일방적으로 두들겨 패는 것이나 다름없는 양상. 도대체 지칠 줄 모르는 궁외수였다.

편무열이 간간이 놀라운 반격을 시도하곤 있었지만 그 자신이 두들겨 맞는 것에 비하면 반격이라고 할 수도 없었다.

이 현실이 미칠 것 같은 편무열이었다. 그 어떤 의심도 갖지 않고 끝장을 낼 것이라며 왔는데 도리어 먼지 나도록 얻어터지고 있으니 끓는 화로 인해 전신 심맥이 다 터져 버릴 지경이었다.

편무열을 지켜보는 무망살들도 이 상황에 대해 정신을 못 차리고 있는 건 마찬가지였다.

스무 명 중 열여섯 명이나 도륙되고 겨우 넷만 남은 현실. 거기다 은인이자 주공(主公)이라 할 수 있는 편무열까지 무참하게 당하고 있는 상황이 너무나 어지러웠다.

이대로라면 공들여 쌓아온 모든 희망이 물거품이 될 판이었다.

그때 무망살들의 귀로 강렬한 명령 한 줄기가 날아들었다.
[뭣들 하는 것이냐? 당장 놈을 공격해서 유인해!]
누구의 전음인지는 뻔했다. 그리고 그 의미를 모를까. 정신을 가눈 무망살들은 즉시 궁외수를 덮쳐 갔다.
"저놈들이?"
곽천기와 연우정이 그 모습에 발끈하며 신형을 날리려는 순간, 또 다른 시커먼 그림자 하나가 싸움 현장으로 빠르게 날아들었고 궁뇌천과 소후연도 그 움직임을 보았다.
"……?"
"저건 또 뭐야?"
눈깔을 희뜩이는 곽천기.
그사이 무망살들이 외수를 덮쳤다.
슈아악!
자아가 온전하지 않다고 해도 감지 못할 궁외수가 아니었다. 무적신갑을 깨트려 버릴 듯 편무열을 몰아치던 외수가 어쩔 수 없이 신형을 돌려 응수했다.
낭왕이 죽어가던 모습을 지켜보던 궁외수가 아니었다.
지금은 낭왕의 내력이 그에게 있고, 사하공의 절대신병이 손에 쥐어져 있으며, 영마로 폭주 중이다. 예전 무망살의 무력에 형편없이 고전하던 그가 아닌 것이다.
부왁—

콰콰쾅! 콰콱!!

정면에서 달려들던 무망살 하나가 외수가 내려친 일격에 차마 눈 뜨고 볼 수 없을 지경으로 무참히 쪼개졌다.

한두 조각이 아니었다. 강기를 머금고 발출된 검린들까지 덮쳐 쓸어버렸기에 그 형체조차 알아볼 수 없을 만큼 갈래갈래 흩어졌다.

폭주한 궁외수는 실로 무서웠다. 무위에 공력에 절대신병까지…….

하긴 무왕 동방천의 비공에다 무적신갑을 더해 자만심이 하늘을 찌르던 편무열이 대놓고 얻어터질 정도니 더 말해 무엇 하랴.

그 무지막지한 살상력에 무망살 하나가 또 흩어지던 순간 편무열은 아비 편장우의 손에 부축되고 있었다.

"끄으……."

입술을 타고 줄줄 흐르는 피. 핏덩이까지 뱉어내는 그였다. 무적신갑 덕분에 베이고 잘려 나간 곳은 없어도 무수한 검격에 얻어맞은 꼴이라 내상이 극심한 탓이었다.

아마 편장우가 끼어들지 않았으면 곧 회생불능 상태에 빠졌을 것. 만일을 위해 숨어 있던 편장우가 그나마 적시에 뛰쳐나온 것이었다.

"가자! 우선은 피해야 한다!"

"으으으……."

아버지 편장우의 말에 신음밖에 흘릴 수 없는 편무열이었다.

정말 무참한 모습. 편장우는 울컥울컥 내장 조각까지 게워내는 그를 부둥켜안은 채 두말 않고 신형을 날렸다.

하지만 곽천기나 연우정, 소후연이 가만 내버려 둘 인간들이 아니었다.

"어쭈, 튀어? 감히 누구 앞에서 재롱을!"

곽천기가 눈자위를 실룩거리며 신형을 날렸으나 연우정이 더 빨랐다.

한데 두 사람보다 더 빠른(?) 사람이 있었다.

번쩍―

천둥소리도 없이 번개만 작렬한 듯했다. 도주하는 두 사람을 향해 어느 틈에 검을 뽑아 휘두른 궁뇌천이었다.

무시무시한 기세로 뻗어나가는 강기.

쭈우우웅― 콰릉!!

대기가 휩쓸리고 공간이 갈라지며 뒤늦게 거대한 굉음이 터져 나왔다.

귀를 자극하는 정도가 아니라 천지가 쪼개지는 듯한 굉음. 인간에 의해 발출된 강기라고 믿기엔 너무나도 엄청난 공력이었다.

초주검 상태인 아들 무열을 안고 도주하던 편장우가 황급히 돌아보곤 놀랄 틈도 없이 대응했다.

폭주의 위력

콰콰쾅!

"크으읍."

편장우는 편무열과 같이 동시에 휩쓸렸다.

폭발하듯 공중에 터지는 피. 날아가는 편장우의 피였다. 검을 쥐었던 그의 오른팔이 어깨까지 터져 날아가고 없었다. 궁뇌천의 무지막지한 공력을 견디지 못한 탓이었다.

다행히 그의 아들 편무열은 무적신갑 덕분에 말짱했다.

편장우가 고통 중에도 무망살들에게 고함을 질렀다.

"막아!"

고함을 지른 후 다시 편무열을 챙겨 도주하는 편장우.

두 사람을 보며 궁뇌천이 인상을 썼다. 붙잡으려 하면 얼마든지 붙잡을 수 있었다. 하지만 문제가 있었다. 외수의 상태가 극도로 나빠지고 있었던 것.

솟구치는 무망살 하나를 또 베어버린 외수. 그의 표적이 편무열에서 바뀌고 있었다.

무망살뿐 아니라 곽천기와 연우정, 소후연을 향해 살기를 분출하고 있었고, 엄청난 공력으로 공간을 가른 궁뇌천에게도 그의 혈광이 쏟아지고 있었다.

콰콱! 쩌쩍! 스컥! 스컥! 스컥!

남은 두 명의 무망살을 무참히 흩어놓은 외수가 곧바로 곽천기와 연우정을 덮쳐 가자 궁뇌천이 고함을 터뜨렸다.

"물러서!"

외수가 아니라 곽천기와 연우정, 소후연에게 지른 소리였다.
 소후연이 즉시 신형을 멈추었고 뒤늦게 알아들은 곽천기와 연우정도 재빨리 외수로부터 멀찍이 떨어졌다.
 달려오던 자들이 도망가자 외수의 살기는 온전히 궁뇌천에게로 꽂혔다.
 "끄륵……."
 축 늘어진 상태를 하고 다가서는 외수.
 시시가 궁뇌천 옆으로 달려와 눈물을 쏟았다. 너무도 처참한 모습. 외수의 그런 모습을 처음 보는 게 아니었지만 그가 이렇게 다쳐 피를 흘릴 때마다 몇 배나 더 큰 아픔으로 울부짖는 시시였다.
 궁뇌천이 엄청난 살기를 분출하며 다가서는 외수를 보며 시시에게 말했다.
 "너희들의 도움이 필요하다."
 너희?
 시시는 무슨 뜻인지 알아듣지 못했지만 그게 무슨 의미이든 외수를 위해서라면 못 할 것이 없는 그녀였다.
 철검을 늘어뜨린 채 몇 걸음 마주 걸어가는 궁뇌천.
 물러난 곽천기와 소후연 등이 눈을 떼지 못했다. 생각지도 못한 아들과 아버지의 격돌이 이뤄지려 하고 있었기 때문이다.

누구의 무위가 더 센가는 문제가 아니었다. 부자간에 검을 맞대다니. 궁뇌천의 심정이 어떠할지 깊이 헤아리지 않아도 알 듯한 세 사람이었다.

꾹 다문 입에 어떤 말도 뱉지 않고 마주 다가서는 궁뇌천. 소릴 질러봐야 아들의 상태를 깨울 수 없단 걸 알기 때문이다.

무표정했지만 아들을 향한 착잡하고 애끓는 마음이 소리 없이 표출되고 있었다.

"저, 저거 그냥 놔둬도 되는 거요?"

연우정의 말이었다. 영마지기를 가진 부자간의 충돌. 어찌 걱정이 되지 않을까.

소후연이 씁쓸히 고개를 저었다.

"어쩌겠어. 한쪽이 온전한 정신이 아닌데."

"그래도……."

불상사를 우려하는 연우정.

"젠장, 아버지를 알아보지 못하는 아들이라니."

그때 외수의 검이 먼저 불을 뿜었다.

슈아악!

콰콰콰쾅!

검린과 함께 작렬하는 검격.

궁뇌천이 두 발을 굳건히 하고 서서 받아내기만 했다.

콰앙, 쾅쾅쾅!

거듭되는 맹공에도 끄덕도 않는 궁뇌천. 위력은 달랐지만 처음 변체환용을 하고 외수와 시시 앞에 나타나 그의 검을 받아주었던 때와 비슷했다.

곽천기, 연우정은 감탄을 숨기지 않았다.

"역시 지존이시구려. 저 엄청난 위력에도 끄떡도 않다니."

정말 외수의 폭주한 공력은 무시무시했다. 거기에 검린의 위협까지.

그럼에도 궁뇌천은 끝없이 응수만 했다. 그가 짧은 한 수라도 받아치면 외수의 몸 상태가 더욱 나빠질 것이기 때문이었다.

콰콰쾅! 콰앙! 쾅쾅!

점점 거세어지는 외수의 맹폭.

그래도 모조리 받아 비껴 흘리는 궁뇌천.

그 탓에 주변만 엉망이 되고 있었다. 땅거죽이 뒤집히고 사방팔방 흙덩이가 솟구쳐 올랐다.

자욱하게 일어난 흙먼지. 그 안에서도 뻔쩍거리는 섬광은 끊임없이 이어졌다.

콰쾅 콰콰쾅!

작렬하는 굉음이 조금 약해졌다고 느꼈을 때 한순간 모든 소음과 움직임이 멈추었다.

땅에 박힌 궁뇌천의 철검. 그가 스스로 꽂은 것이었다.

"끄륵……."

궁뇌천을 노려보는 혈광에 번뜩이는 눈. 외수는 움직이지 못했다. 궁뇌천의 두 손이 어깨와 검을 쥔 오른손을 틀어쥐고 있었기 때문이었다.

벗어나려 꿈틀대는 외수.

"소용없다. 용쓰지 마라."

"……."

변화를 주지 않은 진짜 아버지 궁천도의 목소리였지만 폭주 상태의 외수는 인식하지 못했다.

완강한 힘이었다. 외수가 누군가에게 틀어잡혀 꼼짝을 못하는 경우는 지금이 처음이었다.

그때 아버지 궁천도의 음성이 다시 한 번 흘렀다.

"아직… 내 손으로 제압할 수 있는 지금이 행복하다."

"……."

나직한 그의 뇌까림.

외수가 알아들었을까? 안간힘을 쓰던 그가 잠시 멈칫하는가 싶던 그때 궁뇌천의 오른손이 빠르게 외수의 혈도를 두들겼다.

쿠쿡쿡, 퍽퍽.

기력을 빼버리고 꼼짝 못하도록 마비를 일으키는 혈도들.

일단 외수는 궁뇌천의 손아귀 안에서 움직이지 못했다. 그러나 발버둥치는 꼴로 보아 곧 혈도는 폭주 탓에 풀어지고 말 것이었다.

외수의 벌건 혈안(血眼)을 응시하던 궁뇌천이 지체 없이 뒤를 향해 소릴 질렀다.
"시시, 반야!"
눈물로 흥건한 시시가 달렸고, 반야를 태운 짝귀가 궁뇌천의 말을 알아들은 듯이 알아서 움직였다.
"이놈을 붙들어라. 너희만이 이놈을 안정적으로 잠재울 수 있다."
놀란 반야가 허겁지겁 짝귀의 등에서 내려 더듬더듬 외수의 손을 잡아갔고, 시시가 달려온 속도 그대로 와락 안겨들었다.
"흐흑, 엉엉, 공자님!"
여전히 무시무시한 살기를 뿜어내는 궁외수. 그의 눈은 양쪽에서 껴안은 두 여자와 궁뇌천을 번갈아보며 더욱 살기를 주체하지 못했다.
"끄륵, 으드득! 빠드득!"
이까지 드러내고 갈아대는 외수.
하지만 그의 분노는 시시와 반야 덕에 조금씩, 아주 조금씩 누그러지고 있었다.
검을 쥔 손을 잡고 팔을 껴안은 반야. 그리고 피가 배어나는 상처를 감싸듯 막고 부둥켜안긴 시시.
그녀들은 자신의 손과 몸, 얼굴에 외수의 피가 묻는 것도 모르고 차라리 같이 죽겠단 듯 외수만 끌어안고 있었다.

…….

확실히 두리번대는 외수의 눈 속 혈광이 천천히 사그라지고 있었다.

그들 주위로 모여드는 사람들. 곽천기와 연우정, 소후연을 비롯해 온조와 극월세가 위사들이었다.

그들이 보고자 하는 것은 오로지 하나, 궁외수의 상태였다.

외수가 움직이지 못하도록 움켜잡은 궁뇌천은 달라붙은 시시와 반야의 기운이 빠르게 외수에게 흡수되는 것을 느꼈다.

그녀들의 기운이 외수의 몸을 통해 자신이 가진 영마지기에도 영향을 미쳤을 정도였기 때문이다.

텅그렁.

외수의 손아귀에서 떨어져 바닥을 뒹구는 무극검. 그와 함께 비로소 외수의 눈도 혈광이 완전히 사라진 채 힘을 잃고 스르륵 감겼다.

주저앉는 육신. 기력도 의식도 모두 잃은 채 외수는 무너졌다.

궁뇌천은 주저앉은 외수를 보며 그세야 집고 있던 두 손을 놓았다.

"독조!"

"예? 예, 지존!"

놀라 당황하며 대답하는 소후연.

"……."

궁뇌천이 굳이 다음 말을 잇지 않고 노려보았다.

그 무시무시한 눈길의 의미를 퍼뜩 알아차린 소후연이 서둘러 외수 앞으로 다가가 앉았다. 그리고 치료를 위해 자신의 의료 도구들을 품속에서 꺼내 좌라락 늘어놓는 소후연.

궁뇌천이 편장우와 편무열이 도망간 협곡 위쪽을 물끄러미 바라보고 있는 동안 그는 자신의 독에 관한 수준만큼이나 신기에 가까운 의술을 빠르게 펼쳐 갔다.

*　　　*　　　*

반대편 협곡 위.

"오라버니, 어떡해야 되죠?"

명원신니의 물음.

구대통도 고민이었다. 여기서 궁외수와 저 정체불명의 괴물들을 계속 지켜봐야 하는 것인지, 아니면 도주해 간 두 놈을 쫓아야 하는 것인지.

그렇게 망설이고 있을 때 미기가 화를 내며 세 늙은이의 결정을 도왔다.

"뭘 고민해요? 어느 쪽이 중요한지 몰라요? 당연히 극월세가를 공격한 그놈들을 추격해야지. 도망가게 놔둘 거예요? 저 사람들은 언제든지 다시 지켜볼 수 있지만 그 나쁜 놈들은 놓치면 언제 또 찾을 수 있을지 모르잖아요. 이번 일을 계기로 영원히 숨어버릴지도 모르는데 그냥 이대로 놓칠 거예요?"

"……?"

"여긴 일단 내가 남아 지켜볼 테니까 어서 가서 잡아오기나 해요."

"……."

미기가 열변을 토했는데도 서로 얼굴을 쳐다보며 망설이는 세 사람. 하지만 곧 일어났다.

"알았다. 꼼짝 말고 여기 있어라."

"알았어요."

미기의 대답이 떨어지기 무섭게 무림삼성은 편무열과 편장우를 쫓아 신형들을 쏘아냈다. 물론 직선으로 쫓진 못했다.

궁뇌천의 이목을 피하기 위해 다른 방향으로 돌아서 신법을 펼쳤다.

『절대호위』 11권에 계속…

이 시대를 선도하는 이북 사이트
이젠북
www.ezenbook.co.kr

더욱 막강해진 라인업!
최강의 작가들이 보이는 최고의 재미.

이들의 "유료연재"가 시작됩니다!

김재한 『성운을 먹는 자』
홍정훈 『월야환담 광월야』
이지환 『어린황후』
좌백 『천마군림 2부』
김정률 『아나크레온』

태제 『태왕기 현왕전』
전진검 『퍼팩트 로드』
방태산 『완벽한 인생』
왕후장상 『전혁』
설경구 『게임볼』

검색창에 **이젠북** 을 쳐보세요! ▼ 🔍

초대형 24시 만화방

신간 100%, 샤워실, 흡연실, 수면실(침대석), 커플석, 세탁기 완비

■ 강북 노원역점 ■

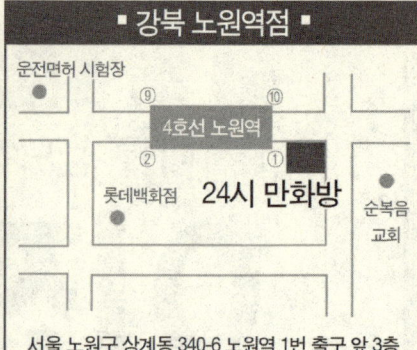

서울 노원구 상계동 340-6 노원역 1번 출구 앞 3층
02) 951-8324 (화용빌딩 3층)

■ 일산 정발산역점 ■

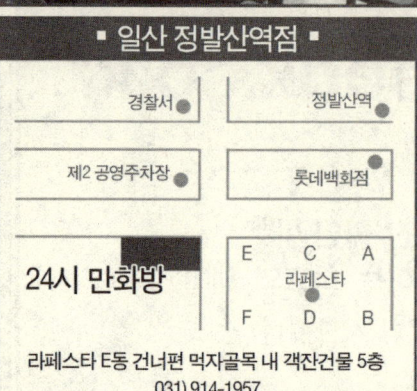

라페스타 E동 건너편 먹자골목 내 객잔건물 5층
031) 914-1957

■ 일산 화정역점 ■

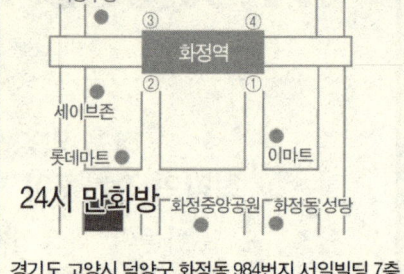

경기도 고양시 덕양구 화정동 984번지 서일빌딩 7층
031) 979-4874 (서일사우나 건물 7층)

■ 부천 역곡역점 ■

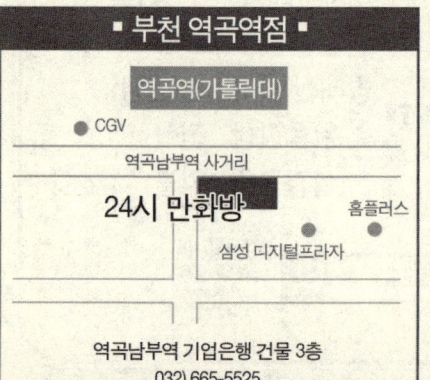

역곡남부역 기업은행 건물 3층
032) 665-5525

■ 부평역점 ■

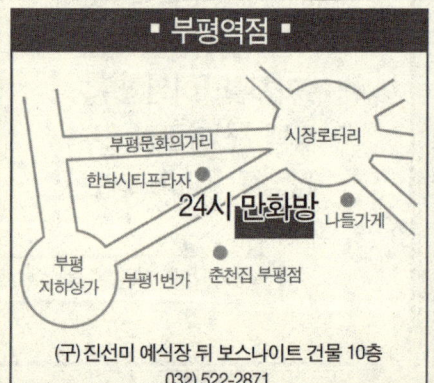

(구)진선미 예식장 뒤 보스나이트 건물 10층
032) 522-2871

FUSION FANTASTIC STORY

성운을 먹는 자

김재한 퓨전 판타지 소설

『폭염의 용제』, 『용마검전』의 김재한 작가가 펼쳐 내는
이제까지와는 전혀 다른 새로운 이야기!

『성운을 먹는 자』

하늘에서 별이 떨어진 날
성운(星運)의 기재(奇才)가 태어났다.

그와 같은 날,
아무런 재능도 갖지 못하고 태어난 형운.
별의 힘을 얻으려는 자들의 핍박 속에서 한 기인을 만나다!

"어떻게 하늘에게 선택받은 천재를 범재가 이길 수 있나요?"
"돈이다."
"…네?"
"우리는 돈으로 하늘의 재능을 능가할 것이다."

Book Publishing CHUNGEORAM

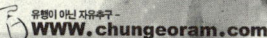

현대 소환술사

THE MODERN SUMMONER

FUSION FANTASTIC STORY

현윤 퓨전 판타지 소설

하늘이 무너져도 솟아날 구멍은 있다!

드래곤의 실험으로 모진 고난을 겪어야 했던 레비로스!
우여곡절 끝에 소환술사가 되어 최강의 자리에 오르지만
운명은 그를 나락으로 떨어뜨린다.

『현대 소환술사』

다시 한 번 주어진 삶!
그러나 그마저도 암울하기 그지없는데…….

**소환술사 레비로스의
인생 역전이 시작된다!**

Book Publishing CHUNGEORAM

유행이 아닌 자유추구
WWW.chungeoram.com

FUSION FANTASTIC STORY

탁목조 장편 소설

천공기

탁목조 작가가 펼쳐 내는 또 하나의 이야기!

『천공기』

최초이자 최강의 천공기사였던 형.
형은 위대한 업적을 이룬 전설이었다.
하지만 음모로 인해 행방불명되는데……

"형이 실종되었다고
내게서 형의 모든 것을 빼앗아 가?"

스물두 살 생일,
행방불명된 형이 보낸 선물, 천공기.
그리고 하나씩 밝혀지는 진실들.

천공기사 진세현이 만들어가는 전설이 시작된다!

Book Publishing CHUNGEORAM

허담 新무협 판타지 소설
FANTASTIC ORIENTAL HEROES

신력을 타고났으나 그것은 축복이 아닌 저주였다.

『십자성 - 전왕의 검』

남과 다르기에 계속된 도망자의 삶.
거듭된 도망의 끝은 북방 이민족의 땅이었다.
야만자의 땅에서 적풍은 마침내 검을 드는데……!

"다시는 숨어 살지 않겠다!"

쫓기지 않고 군림하리라!
절대마지 십자성을 거느린
적풍의 압도적인 무림행이 시작된다!

Book Publishing CHUNGEORAM

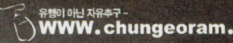
WWW.chungeoram.com

이계진입 리로디드

임경배 퓨전 판타지 소설
FUSION FANTASTIC STORY

『권왕전생』 임경배의 2015년 신작!

『이계진입 리로디드』

왕의 심장이 불타 사라질 때,
현세의 운명을 초월한 존재가 이 땅에 강림하리라!

폭군으로부터 이세계를 구한 지구인 소년 성시한.
부와 명예, 아름다운 연인…
해피엔딩으로 이야기는 끝인 줄 알았건만
그 대가는 지구로의 무참한 추방이었다.
그리고 10년 후……

"내가 돌아왔다! 이 개자식들아!"

한 번 세상을 구한 영웅의 이계 '재'진입 이야기!

Book Publishing CHUNGEORAM

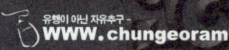
유행이 아닌 자유추구 -
WWW.chungeoram.com

paráclito
빠라끌리또

FUSION FANTASTIC STORY

가프 장편소설

막장 비리 검사가
최고의 검사로 거듭나기까지!
그에겐 비밀스러운 친구가 있었다.

『빠라끌리또』

운명의 동반자가 된 '빠라끌리또'가 던진 한마디.

-밍글라바(안녕하세요)!

그 한마디는 막장 비리 검사, 송승우의
모든 것을 통째로 리뉴얼시켜 버렸다.

빠라끌리또=Helper, 협력자, 성령.

Book Publishing CHUNGEORAM

유행이 아닌 자유추구 -
WWW.chungeoram.com

철백 新무협 판타지 소설
FANTASTIC ORIENTAL HEROES

大武
대무사

피와 비명으로 얼룩진 정마대전의 종결.
그리고…

"오늘부로 혈영대는 해산한다."

혈영대주 이신.
혈영사신(血影死神)이라고 불리는 그가
장장 십오 년 만에 귀향길에 올랐다.

더 이상 전쟁의 영웅도, 사신도 아니다!

**무사 중의 무사, 대무사 이신.
전 무림이 그의 행보를 주목한다!**

Book Publishing CHUNGEORAM
WWW.chungeoram.com